継《まま》母《はは》の連れ子が元カノだった 5

Mamahaha / Tsurego / Moto kano

「あなたはこの世にただ一人」

「おおー、両手に花ですね」
「本物の花は花を自称しないと思うけどな」
東頭いさな
Isana Higashira
基本ぼっちなラノベオタク少女。水斗にフラれたが片《かた》想《おも》い継続中。
伊理戸水斗
Mizuto Irido
結女の元カレにして義兄弟。親友だからと、いさなには何かと甘い。

「ふふっ、嬉《うれ》しい？」
伊理戸結女
Yume Irido
美少女優等生として高校デビューに成功した、水斗の元カノにして義姉妹。
川波小暮
Kogure Kawanami
水斗と結女の関係を見守る、自称"恋愛ＲＯＭ専"。
南暁月
Akatsuki Minami
川波の幼《おさな》馴《な》染《じ》みにして元カノ。相変わらず結女にご執心。

「ん～……」
ベッドの上で、ぺたんと女の子座りをした東頭が。
寝起き特有のぼやぼやした声で呻《うめ》きながら。
ぐいっと、Tシャツの裾を両手でまくり上げたのだ。
お腹《なか》を見たかった、という感じではない。
そのまくり上げ方、勢いは、明らかに――脱ぐときのそれだった。

継母の連れ子が元カノだった5

あなたはこの世にただ一人

紙城境介

角川スニーカー文庫

22309

目次 Contents

illustration: たかやKi
design work: 伸童舎

元カノは照れ隠す「一体なんなのっ、もおおおおおおっ!!」

◆ 伊《い》理《り》戸《ど》水《みず》斗《と》 ◆

白く大きな墓石の前で、結女《ゆめ》が静かに手を合わせている。

墓地の空気はあまり得意じゃない。神妙な気分を強制させるような静謐《せいひつ》さが、空っぽの自分を浮き彫りにしてくるからだ。

この墓の下に眠るのは、紛れようもない僕の実の母親である。

けれど、僕はその人に会ったことがない——遺影で顔を知っているだけで、どういう声だったのか、どういう話をする人だったのか、これっぽっちも知らない。

親を失った子供、という一番憐《あわ》れまれる役割でありながら、誰よりもその存在に思い入れがない。

それを嫌でも思い出させられる墓参りは、だから好きじゃなかったのだ。

墓石の前にしゃがみ込み、静かに瞼《まぶた》を閉じる結女も、その点では同じはずだった。

由仁《ゆに》さんのほうは、夫の前妻に思うところの一つや二つあるだろう。けれど、その娘でしかない彼女には、僕の母親に思い入れなどあるはずもない。

なのに、その横顔は、何かを語りかけるかのようで――

自然と、思い出してしまう。

田舎の夏祭り。外れにある小さな社。花火が華やかに結女の顔を照らし。そして――

……あの挑むような瞳には、一体どんな意味があったのか。

ヨリを戻そうとしているのか？　この環境で？　正気じゃない。法律ではアリだから、で済む話じゃないんだぞ？

もし、また別れることになったりしたら。

そして、それを父さんたちに知られたりしたら――

……仮にそういうつもりなんだとしても、どうしてはっきりそう言わなかったんだよ。

そうしてくれていたら、僕は――僕は？

……僕は、どうするつもりだったんだ？

要領を得ない感情ばかりが、胸の中でぐるぐるしていた。くそ。気分が悪い……。

「じゃあ住職さんに挨拶してくるよ」

「結女たちはここで待ってて～」

墓参りを終えると、寺門の前で待機させられた。

結女と一メートルほどの距離を空けて、これ見よがしに晴れ上がった夏の空を見上げる。

「…………………………」

「…………………………」

……気まずい……。

出会った頃とも、付き合っていた頃とも、同居が始まった頃とも違う、微妙な空気だった——あるいは、気にしているのは僕だけなのだろうか。あっちは何とも思っていないのだろうか。素知らぬ顔でスマホをいじっていたりして……？

熱いものに触れるかのように、ゆっくりと横に視線を向ける。

と、目が合った。

結女が、僕の目をじっと見つめていた。

花火に照らされた顔がリフレインする。間近から見た、決意を秘めたような瞳がオーバーラップする。

何か言いたげに見えた。

言いたくて言いたくて仕方がないことがあると、瞳で訴えているように感じた。

いいのか？

僕は、それを聞いても、いいのか？

そして——答えても、いいのか？

身体《からだ》が強張《こわば》り、瞬《まばた》きがなくなり、喉が猛烈に渇き――

目詰まりを起こした思考が、それでも覚悟を決めて――


結女は、ぷいっと顔を逸《そ》らした。


……………は？

僕を置き去りにして、その女はしれっとスマホをいじり始める。

もう僕のほうには、欠片《かけら》も興味を持っていないみたいだった。


「…………………」

「…………………」

――なんなんだよ!!

◆　伊理戸結女　◆

「――なんなのっ、もおおおおおおっ!!」

お墓参りから帰ってきた後、私は自分の部屋のベッドに飛び込み、枕に顔を押しつけてじたばたした。

どうして思うようにならないんだ、この愚鈍な身体は。

せっかく水斗と二人っきりで、目も合ったのに、何を言えばいいかわからなくなってしまった。頭がぐるぐるってなって、喉が詰まったようになって、結局、顔を逸らして誤魔《ご ま》化《か》してしまった。

田舎から帰ってきてから、ずっとこんな調子なのだ。

話すどころか顔すら見られない。同じ空間にいるだけでひたすら落ち着かない気持ちになる。お母さんたちに妙なところは見せられないし、とにかく表情筋をガチガチにして平静を取り繕うことしかできない。

たぶん、冷たくされてるように感じるわよね……。

そうじゃないの。わからないだけなの！　もう一度口説き落としてやろうって、決意したのは確かよ!?　でも、よく考えたら私、中学のときは口説いたりしてなかったし！　頭がわーってなって勢いでラブレターを書いたらなぜか成功しちゃっただけだし！

いざとなったら、どうすればいいのか……。この前まで嫌味《いや み》を応酬してたのに、今更かわいこぶったって意味ないし……。

あぁあぁーっ！　四ヶ月半も何をしてたのよ、私は！

……まずは、私の気が変わったってことを、伝えるべきなんじゃないだろうか。

そうだ。キスしたときに告白もしてしまえばよかったのだ。どうせ一度別れてるんだし、断られたところで大したダメージじゃない。そこで引かずにさらに押せばいいだけの話だ。推理小説の名探偵じゃあるまいし、充分に状況が整ってから一発で決めよう、なんていうのは臆病者の言い訳に過ぎない。

今からでも遅くない。

玉砕覚悟でまた好きになったって伝えて、それからも態度や言葉で気持ちを示し続けていれば、過去の私の幻影を彼の中から追い出すことができるかも――

「…………」

――かも……しれないけど。

今は、ちょっと、ほら、間が悪いというか。お母さんたちも家にいるし。お墓参りの直後に告白とかタイミングが謎すぎるし――

――コンコン。

「いるか？」

「ひっ⁉」

みっ、水斗⁉

「いるんだろ。入っても大丈夫か」

「だ、大丈夫だけど――い、いやいやいや！　ダメ！　やっぱりダメ！」

「大丈夫なら入る」

「ちょっとおーっ⁉」

私はベッドから飛び出してドアを押さえようとしたけど、その前にガチャリと扉が開く。

水斗は怜悧《れいり》な目つきで私を見ると、

「髪、乱れてるぞ。昼寝でもしてたのか？」

「うえっ？」

私は慌てて化粧台を見て、手櫛《てぐし》でささっと髪の乱れを直しながら、鏡越しに水斗の顔を窺《うかが》う。水斗は片足に体重をかけ、緩く腕を組みながら私の背中を見ていた。

鏡越しなら、まだ何とか冷静に……。

「……何の用よ？」

冷静になろうとするあまり、ツンケンした声が出た。ああ、もう！

「はっきり言っておこうと思ってな」

水斗は閉じたドアに背中を預けて、

「僕は今更、君と駆け引きめいたことをするつもりはないんだよ」

「……、は？」

「単刀直入に訊《き》く。花火のときのキスはなんだったんだ？」

ぎくりと身体が強張って、私は振り返ることができなかった。

な……なんだったんだ、って……キスする理由なんて一個しかないでしょ……⁉

鏡の中の水斗はドアから背中を離し、ずんずんと私に近付いてくる。

「ムードにあてられたのか？　それとも何か他の理由があったのか？　あの挑むような目はなんなんだ？　僕にはわからないことばかりだ」

水斗は振り返れないでいる私の肩を摑《つか》むと、ぐいっと強引に引っ張った。

身体が回って、目の前に水斗の顔が迫る。

長い睫毛《まつげ》に縁取られた知的な瞳が、私の目をまっすぐ射貫《いぬ》いて、縫い止める。

「言いたいことがあるなら、はっきり言え」

は……はっきり、って……それができたら苦労しないわよっ！　というか、ムードにあてられた？　私の一大決心をその場のノリみたいに！　というか顔がいいのよ！　カッコいい顔をあんまり近付けないで！　またキスしたくなるでしょ！　いいの⁉　ダメ⁉

苛立《いらだ》ちと羞恥と欲望とがない交ぜになって、頭の中で煮え立ち、膨らみ、そして——

「——ば」

「ば？」

「バランスを崩したのよっ‼」

わけもわからずに、私はそう叫んでいた。

「な、何を勘違いしてるの？　ちょっと唇が触れただけじゃない。初めてでもあるまいし！　このくらいで意識しないでよ！　しかも私が悪いみたいにねちねちねちねち！　そういうところが嫌いだったのよ――っ!!」

脊髄に従うままに一気に吐き出し、荒く息をした。

はあ、はあ、と酸素を脳に取り込んでいくうちに……徐々に、正気を取り戻していく。

……あ、れ？　私、今……。

「……………………」

水斗は黙り込んで、すうっと静かに身を離した。

あ。

ちょ……ちょっと待って。今のは、ちが――

「……ああ、そうか」

感情のない声だった。

「そいつは、悪かったな」

言い訳を考える間もなかった。

水斗はそれだけを言い残して、私の部屋を立ち去ってしまった。

一人、取り残された私は、しばらく呆然《ぼうぜん》と、閉められたドアを見つめる。

そして――ぼふっと、力なくベッドに倒れ込んだ。

――はい、やらかしましたー。

◆　伊理戸水斗　◆

「……くそっ」

僕は思わず毒づいた。胸の中にわだかまったくさくさした感情を、どうにかして吐き出したかったのだ。

バランスを、崩しただけ。

そうかい。君がそれでいいなら構わないよ。あれが故意だろうと事故だろうと、僕たちがきょうだいである事実も、上手《うま》くいかずに別れた過去も変わらないんだからな。どうだっていいよ！　どうだって！

苛立ちを持て余していると、スマホがブルブルと震え出した。

着信だ。画面には『東頭《ひがしら》いさな』とある。

「はい、もしもし」

『もしもしー。開けてくださーい』

そうだ。今日は来ると言ってたな。

僕は部屋を出て一階に下りると、玄関で靴を引っかけて扉を開けた。

「水斗くーんっ!!」

「うおっ」

瞬間、待ち構えていた東頭が首に抱きついてくる。

後ろに数歩たたらを踏んで、何とかその体重を受け止めると、僕は子供を宥《なだ》めるように東頭の背中をぽんぽんと叩《たた》いた。

「出会い頭に抱きつくなよ。飼い犬か、君は」

「だってー……久しぶりなんですもん。この数日間、わたしがどんなに心細かったか。孤独死するかと思いました」

「孤独死はそんな、ウサギが寂しくて死ぬ的な現象じゃないんだよ。それより君、そろそろインターホンというものを使えるようになれ」

「いやです。水斗君以外が出たら怖いじゃないですか」

「六〇キロの物体がいきなり突進してくるほうが怖いだろう」

「誰が六〇キロですか！」

「この前、胸の重さをドヤ顔で説明してただろ。それ考えたらそのくらいあるだろうが」

「どんなに巨乳でも体重には影響ないんですぅー」

拗《す》ねる風に言いながら顔を首筋に擦りつけてくる東頭。僕はその後頭部を撫《な》でて、わさわさと柔らかな髪に指を通した。

そうしていると、ささくれ立っていた気持ちが凪《な》いでいくのを感じた。

「……アニマルセラピーってのも馬鹿にならないな」

「何だかわかりませんけど、今わたしのことをアニマルって呼びました？」

ペットが欲しいと思ったことはないが、こんなに効果があるなら一考の余地があるな。

へばりついた東頭を引きずるようにしながら、とりあえず僕の部屋に向かう。

途中、リビングの前を通るとき、

「水斗ー？　東頭さんが来たのかー？」

「うん。部屋にいるから」

「いらっしゃい東頭さん！　あとでお菓子持っていくわね！」

「お……お構いなくー……」

父さんも由仁さんも、すっかり東頭を受け入れてるな。逆に東頭は慣れてなさすぎる。

そんな小さい声で聞こえるか。

階段を上がり、僕の部屋に入る。と、東頭は勝手知ったる足取りで部屋を横切り、ぼふっとベッドの縁に腰を下ろした。

「ふいー」

「我が家のように落ち着くな。旅行から帰ってきた直後か」

「わたし、水斗君の枕じゃないと寝られないので」

「じゃあ毎晩どうやって寝てるんだよ」

ごろんと僕のベッドに寝転ぶ東頭を横目に、僕は机に用意してあった包みを手に取った。

「東頭。これ」

「あい？」

頭の横に包みを置くと、東頭はごろんと寝返りを打ってそれを見た。

「なんですか？　爆弾ですか？」

「思考回路がテロリストなんだよ。ただのお土産だ」

「おおー！　お土産！」

「駅で売ってたお菓子を適当に買ってきた。家族と一緒にでも食ってくれ」

東頭は上体を起こし、目をキラキラさせてお土産の箱を掲げた。

「お土産……友達にもらったの初めてです……」

「だろうな。ありがたくカロリーにしてくれ」

「はい。家族総出で太ります」

「それはもうテロだろ」

機嫌良さげにゆらゆらと左右に揺れる東頭の隣に、僕は腰を落ち着ける。

帰省の土産話を……とでも行きたいところだが、話せることが全然ないんだよな。基本、書斎に籠もって本を読んでただけだし。

などと思っていると、東頭が不意に言った。

「それでー？」

「ん？」

東頭は土産の箱を膝の上に置いて、僕の本棚を見やりつつ、

「なんでわたしセラピーで癒《いや》されてたんです？　面倒なことでもありました？」

「……まさかと思うが、僕の相談に乗ろうとしてるのか？」

「いえ、単に気になっただけですけど」

「だよな」

こいつが建設的な打開案を出せるとはとても思えない。

「べつに、大したことじゃないよ。どうも結――義妹《ぎまい》の当たりが強くてさ」

思わず、下の名前で呼ぶのを躊躇《ちゅうちょ》してしまった。なんとなく、他の人間の前では憚《はばか》られることのような気がしたのだ。

「目が合ったのに無視されたり、話しかけると怒鳴られたり、遅めの反抗期でも来たのかって感じで」

「ふーん。なるほどー」

「……さては君、興味ないな？」

「自分から訊いておいて恐縮です」

「親身になるふりくらいできるようになっておけよ……」

「そんなのできたら苦労しませんよう」

「君の意見を言ってみろ」

「えー？　うーん。生理じゃないですか？」

「最悪の回答出したな！」

「そうじゃなくても、結女さんって情緒不安定なところありますし。水斗君たちの帰省中にも電話かかってきたんですよ。水斗君の初恋の人がどうたらって」

「はあ？　初恋？　円香《まどか》さんのことか……。あの女、その勘違い他人に広めてたのか……」

「勘違いなんです？」

「そうだよ」

「残念です……。恋するショタ水斗君、すごく可愛《かわい》かったのに……」

「見てきたように言うな。妄想だろうが」

「お姉さんとお風呂に入ってドギマギする水斗君……」

「僕がショタなら向こうもロリだよ。大して歳《とし》離れてないんだから」

「それはそれでえっち！」

ふんふんと鼻息を荒くする東頭はいったんおいておいて、僕は思考を本題に戻した。

「情緒不安定ね……。確かに、一理あるな」

「でしょー？　気分の乱高下が激しい人ですよねー」

「君に比べれば誰でも激しい部類にはなると思うけどな」

「んー。わたしもそんなに落ち着いてるほうではないと思いますけど」

「誰しも自分のことはよくわからないもんだよ」

「ですかね？　下振れ激しいですけどね、わたし」

「フラれたときでさえそんなに下振れなかったくせに……」

「戻るのが早かっただけですよ。まあ、だから、結女さんもそのうち落ち着くんじゃないですか？　それまではわたしセラピーで癒されておきましょー」

そう言って、僕の頰《ほお》をつんつんついてくる東頭。ええい、鬱陶しい。

僕の自動反撃機能が発動し、東頭のほっぺたを両手で挟んで、むにむにと圧搾した。

「やめてくださいーっ！　ブサイクになりますーっ！」

「そんなことないだろ。可愛いよ。……タコみたいで」

「聞こえてますよ！　乙女の純情をもてあそぼうとしましたね！」

「人聞きが悪いな。僕たち友達だろ？」

「そんな風に言う人とはもう友達でいられません！」

しばらく、手足をばたばたさせる東頭を玩具《おもちゃ》にして、ストレスを発散した。

◆ 伊理戸結女 ◆

『そんなことないだろ。可愛いよ――』

『――もてあそぼうと――』

『――悪いな――』

『――もう友達でいられません――』

……………………!?!?!?!?

隣の部屋から漏れ聞こえてくる声に、私は愕然《がくぜん》としていた。

え？　え？　今の声……東頭さん、よね？

可愛いって、言われてた？　水斗に？　あの水斗に？　もてあそぶって何？　なんで友達でいられなくなるの!?　まさか――

私の脳裏に浮かぶのは、裸になった東頭さんと、それを優しく組み伏せた水斗の姿。

ついに――ついに、あの二人っ……!!

な、なんで？　なんでなんでなんで!?　しばらく会ってなかったから？　それとも私がさっきやらかしたから、もういいやって東頭さんに靡《なび》いて――

待った。

落ち着け。テンパってる。テンパってるぞ、私。憶測を加速させるな。何の証拠もない話だ。さっきの声だって、はっきりと話が聞こえたわけじゃない。勘違い、聞き違いということは大いにある。

私は成長したのだ。

かつて、水斗と仲違《なかたが》いしたときのような愚は犯すまい。

「……よし……！」

確認しよう。

壁越しに聞こえてくる声だけで判断するから良くないのだ。この目で真実を確認しよう。

……ちょっと怖いけど……どうせ、あの二人のことだし。私の考えすぎに決まっているのだ。そう、そうだ。すぐに勘違いだったとわかるはず……。

行こう。

ひっそりと自分の部屋を出て、抜き足差し足で廊下を歩く。水斗の部屋はすぐ隣だ。どれだけ慎重に歩いても困ることはない。

ドアを少しだけ開けて、そうっと確認しよう。これは覗《のぞ》きではない。あの男のきょうだいとして、東頭さんの友達として、ふしだらな行為をしてないかチェックするだけ……。

ドアノブに手を掛ける。バクバクと心臓がうるさくて、何も聞こえなかった。手に力を込める。ドンッと身体《からだ》が揺れるような心地がして、一瞬だけ二の足を踏んだ。

そして——

私は、水斗が東頭さんを押し倒しているのを見た。

ほんの少しだけ開いたドアの隙間から。

静かに目を閉じ、床に身を横たえた東頭さんと。

慈しむようにその顔を見つめながら、その身体に覆《おお》い被《かぶ》さる水斗とが見えて。

くらくらと。ぱちぱちと。視界が明滅して。

「――あら～」

気絶しそうに思えた瞬間、後ろから突然聞こえた声に跳び上がった。

水斗と東頭さんがびくりとこちらを見て、私も後ろを振り返る。

お盆を持ったお母さんがいた。

私の後ろから部屋の中を覗き込んで、にやにやと下世話に笑っていた。

「お菓子持ってきたんだけど、ちょっとタイミングが悪かったかぁ。出直すからごゆっくり～」

「ちょっ……まっ！　由仁さん！」

水斗の制止も聞かず、お母さんは「見ちゃった、見ちゃった～♪」と嬉《うれ》しそうに歌いながら階段を降りていく。

そうして、私だけが取り残された。

「…………………」

「…………………」

水斗と目が合う。

言うべきことはひとつだけだった。

「……ごゆっくり～……」

「おい待てこら!!」

やだ！

私は行きとは正反対にどたどたと、自分の部屋に逃げ帰ったのだった。


「……ぐす……ぐす……」

どうもこんにちは。負け犬です。

あまりにも短い戦いだった。わずか二日にも満たない勝負だった。

というか、そもそも東頭さんとは戦っていないつもりだったのだけど。

なんだかんだ言って、あの二人にはもうそういうつもりはないんだと思ってたんだけど。

まさか、こんな……ちょっと恥ずかしくて、ちょっと強く当たっただけなのに、こんな簡単に……ううう〜っ……！

あの男もあの男だ。つい一昨日《おととい》にあんなことがあった直後に、他の女子を部屋に連れ込んでいやらしいことをするなんて……！　どういう神経してるの？　私相手にはヘタレたくせに！　なんで東頭さんにはこんなにすぐに！　ばか！　ムッツリスケベ！　発情期！　巨乳大好きマン！

込み上げるやるせなさに、耐えられそうになかった。

私は無意識のうちに、スマホを手に取っていた。

コールするのは、高校に入って一番通話時間の長い友達。

『もしもしっ⁉　帰ってきたんだね結女ちゃんっ！　寂しかったよお〜〜〜っ‼』

「……あがづぎしゃん……」

『えっ⁉　なに？　だれ？　ゾンビ⁉』

◆　伊理戸水斗　◆

「いやあ〜、誤解されましたねえ〜！」

「嬉《うれ》しそうに言うな」

今まで聞いた中でトップクラスに高いトーンだった。君、そんな声出せたのか。

東頭は僕のベッドの上でうきうきと足をばたつかせ、明日から『この二人は昨日……』っていう目で見られちゃいますねえ～！

「完全に致してると思われちゃいましたねえ～！　明日から『この二人は昨日……』っていう目で見られちゃいますねえ～！」

「人が頭を抱えてるそばで大興奮するのやめろ！　君はいいだろうけどなあ、僕はあの二人と同じ家に住んでるんだよ！　家の中でそれとなく気を遣われる気持ちが君にわかるか⁉」

「まあまあ、あとでちゃんと説明すればいい話じゃないですか。今はこの中身のない優越感に浸りましょうよ」

「中身がないってわかってるじゃないか……」

「わたしとしては、中身を伴わせても全然構いませんけど？」

そう言って、東頭はベッドの上で仰向《あおむ》けになった。

豊満な胸が上向きになるが、ブラで支えているからか、重力に負けて形が変わることはなかった。

そして東頭は、じっと、ねだるような目で僕を見る――

「――これ、エロくないですか？　無防備に仰向けになってじっと見るやつ」

「はいはい。エロいエロい」

「むーっ！　たまには女のプライドを満たしてくれてもいいと思うんですけど！」

そんなもんあるのかよ、君に。

と、東頭のしょうもないネタに付き合っていると、スマホがぶるぶると震え出した。

着信？　……南《みなみ》さんから？

「はい、もしもし」

『今現在お楽しみですねえ！』

は？　斬新な挨拶だな。

『よくこんなにすぐ出られたねえ！　休憩中だった？　インターバルだったのかな？　こんな電話すぐに切って第二ラウンドに行きたいのかな⁉　東頭さんの巨乳を楽しみたくてうずうずしてるのかなあ⁉　道理であたしのアプローチに靡かなかったわけだよ‼』

「何だかわからんが、とりあえず落ち着いて――」

「水斗くーん。次はうつ伏せとかどうですかー？」

『今度は後ろからかあーっ‼』

「東頭！　電話中の人間に話しかけるな！」

のっけからバーサークしている南さんをどうにか落ち着かせ、事情を聞き出した。

どうやら誤解した結女に助けを求められたらしい。

『ねえ、あたしがなんで怒ってるかわかる？』

「その質問は川波《かわなみ》の奴《やつ》にしてほしいんだが」

『この数日さあ、帰省でさあ、結女ちゃんに会えなくてさあ、今日は帰ってきてるって聞いててさあ、通話来るかな？　来ないかな？　って朝からドキドキしててさあ、ついに来たー！　と思ったら、友達と家族がよろしくやってたっていうさあ、ぐっちぐちの愚痴を聞かされることになったあたしの気持ちをさあ！　わかるかって訊《き》いてるの！』

「誠に申し訳ない」

とんでもない巻き込み事故だった。あの女、広めるのが早すぎるだろ。インフルエンザか。

『……それで？　ホントにしてたの？』

訝《いぶか》しさがたっぷり含まれた声で、南さんは言った。

第三者を挟んだのは、結果的には正解だったかもな。

「そんなわけないだろう。床に置いてあった本に東頭が足を引っかけて、こけそうになったから咄嗟《とっさ》に支えようとして……」

『で、支えきれずに一緒に倒れた瞬間を見られたってこと？　またベタな……』

「ベタだから始末が悪いんだよ」

『正直あたしは今、適当な作り話なんじゃないの？　と思ってるよ』

「だろうな」

僕が彼女でも同じように思うだろう。

『東頭さんのほうにも確認させてよ』

「わかった。スピーカーにする」

僕はスマホをスピーカーモードにすると、ベッドで本を読んでいた東頭に差し向けた。

東頭は本から顔を上げて、

「あー。南さん、お久しぶりですー」

『久しぶりー。で、伊理戸くんに押し倒された件なんだけど』

「え～？　……えへへ。恥ずかしいです……」

『これはクロ』

「おい東頭、ふざけるな」

なに大人の階段上った感出してくれてんだ。

東頭はわざとらしくくねくねするのをやめて、

「水斗君が怖いので白状しますと、わたしはまだ清い身体《からだ》です。相変わらず指一本触れられてません」

『伊理戸くんって本当に男なの？　あたしだったらもう子供二人くらいできてるね！』

「うぇへへ。養育費用が大変ですねえ」

「君たちはまっすぐ本題だけを話すってことができないのか？」

誠実に理性を強く持っていることを、どうしてこんなに批判されなきゃならないのか。

「とにかく誤解だってことはわかっただろう？　南さんのほうからあいつに説明してくれ」

『はあ～？　あたしから～？』

「何か問題があるのか？」

『伊理戸くんから説明するのが筋でしょー、フッーに』

パリポリ、とスマホから音がした。なんかお菓子食べてる。

『あたしとしてはさ、このまま誤解しておいてくれたほうがいいんだよね、どっちかといえば。伊理戸くんはわかるでしょ？』

「……ああ」

事情を知らない東頭は首を傾《かし》げていたが、南さんはかつて、僕と結婚することで結女の妹になろうとしたくらい、結女に固執している。東頭のあれこれや川波とのあれこれがあって、僕と結婚するプランについては捨てたように見えるが、結女に強い執着を持っているのは変わらないはずだ。

その立場からすれば、南さんに結女の誤解を解く理由は――

『でもさあ』

ボリッ！　とスナック菓子を強く嚙《か》み砕《くだ》く音がした。

『それ以上に、泣いてる結女ちゃんはほっとけないし、それを人任せにする男は許せないの。わかる？』

「…………え？」

聞こえた言葉に、僕は一瞬、思考が追いつかなかった。

「泣いてる？　……あいつが？」

『そうだよ？　それはもうぐすぐすと鼻声で。ウキウキと通話に出た瞬間にその声を聞かされたあたしの気持ち――』

くどくどと始まった南さんの小言は、失礼ながら聞き流した。

泣いてる？

僕が東頭を押し倒しているシーンを見て？

それじゃあ、まるで……ショックを受けてるみたいじゃないか。

人を無視しておいて。口汚く罵倒しておいて。

どういうことだよ……今更。

「…………はあああ～～～…………」

僕は人生最大級のでかい溜《た》め息《いき》をつくと、重い腰を上げた。

未《いま》だに南さんがぐちぐちと文句を言い続けているスマホを、東頭に渡す。

「東頭。悪いが、しばらく南さんと話して待っててくれ」

「行くんですか？」

「ああ」

僕はドアに向かう。

「一言言ってやらないと気が済まない」

◆ 伊理戸結女 ◆

「……んあ」

ね……寝てた……。

暁月《あかつき》さんに愚痴を吐き倒した後、急に疲れてしまって……そのまま……。

でも、眠ったおかげでちょっとすっきりした気がする。それとも、暁月さんに愚痴に付き合ってもらったおかげかな？　今度お礼しないと。

……どのくらい寝てたのかな。東頭さんは……まだ、部屋にいるのかな……？

――コンコン。

「ひうっ⁉」

急にドアがノックされて、私は肩を跳ねさせた。

このノック……覚えがある。今日二回目！

「入るぞ」

「だっ……ダメダメダメ！　ホントに待って！」

私は寝起きの身体に鞭《むち》を打って、すんでのところでドアを押さえ、水斗の侵入を防いだ。

返事する前に入ろうとしないでよ、馬鹿！

「な、何の用……？」

「入ってから話す」

「い、今はダメ！」

「なんでだよ」

だって、泣いてたせいでいろいろ崩れてるし、寝ちゃったせいで髪も乱れてるし、人前に出られる状態じゃないし！

「い、一瞬だけ待って……ホントに一瞬だから！」

私は化粧台に飛んでいき、乱れた髪を直し、泣き腫らした目元をどうにか誤魔化《ごまか》した。

よ、よし。大丈夫だ。間近から見られでもしない限りは……。

「もういいか？」

「う、うん。大丈夫」

ガチャリ、とドアノブが回って、あれ？　と思った。

いやいや、全然大丈夫じゃない。

身嗜《みだしな》みが整っても、心の準備が全然整ってない。

東頭さんとあんなことしてた直後の水斗と、どんな顔して会えばいいのよ⁉

けれど、覆水盆に返らず。口にした言葉は戻ってこない。

無情にもドアは開き、水斗が澄ました顔で部屋に入ってきた。

……よくもそんなに平然と。さっきまで東頭さんの巨乳に夢中だったくせに……！

ベッドの縁に座って睨《にら》みつけてやると、水斗は「はあ」と溜め息をついた。

「僕は今日、一体何回この部屋に入ればいいんだ。できれば一回で済ませたかったんだけどな」

「……何よ。そっちが勝手に入ってくるんじゃない……」

「君が入らなきゃいけないようなことをするからだ」

「はあ？」

私が悪いの？　何の用で来たのか知らないけど、あなたが隣の部屋であんなことをしてるから……！

……いや、別に、それは悪いことじゃないのか。好き合っていればそういうこともあるし。家族として隣の部屋に住んでいるんだから、当然、そういう状況になることだってある……。

「思い詰めた顔をしているところ恐縮だが、おそらく君の考えていることは全部杞憂《きゆう》だぞ」

「え？」

水斗はカーペットの真ん中に胡座《あぐら》をかいて、平静な顔で言った。

「誤解だ。僕は東頭といかがわしいことをしてたわけじゃない」

「……はあ？」

ムカッとした。

言い逃れるわけ？　何の必要があって？　東頭さんとのことをそんな風に誤魔化すのって、彼女に失礼じゃない？

「何が誤解なの？　東頭さんを押し倒してたじゃない！」

「あれはな——バランスを崩しただけなんだよ」

「はあぁ⁉」

嘘《うそ》をついて誤魔化した上に、私のパクリじゃない！

「誰が信じるのよ、そんな言い訳！　もう少しまともな嘘はつけないの⁉」

「ふうん。『バランスを崩しただけ』はまともじゃないのか」

「うぐっ……！」

ブーメランが突き刺さった。

で、でも……実際、私のは嘘だったわけだし……。

「本当にバランスを崩しただけなんだよ。東頭が床の本につまずいてさ。咄嗟に支えようとしたけど、筋肉が足りなすぎた。というか、わざわざ硬い床に押し倒す理由がどこにあるんだよ。何のためのベッドだ」

「う、うぐうっ……‼」

ド正論が胸に突き刺さる。

た、確かに……すぐ横にベッドがあるのに、わざわざ床でする必要は……。

じゃあ……本当に、私の早とちり……？

「君って、推理小説が好きな割に観察力がスマホの顔認識以下だよな」

「ぅっ……！」

「そんなんじゃワトソンにだってなれないぞ。全シリーズが叙述トリックになる」

「ううっ……！」

「登場した瞬間に叙述トリック確定ってとんだハンデだな。本の帯に『ラスト一行で世界が変わる』って書いてあるのと同じくらいタチが悪い。まるで館シリーズが服を着て歩いてるような奴《やつ》だ。君を書きこなせるのは綾辻行人《あやつじゆきと》くらいだよ」

「なっ……何よ……。そんなこと言って、本当に下心はなかったわけ⁉」

そこまで行くとちょっとカッコよくなっちゃうでしょうが！

「はあ？」

「バランスを崩しただけっていうのが、仮に本当だとしても！　あんなに可愛《かわい》くて！　胸が大きくて！　それに……あなたのことが大好きな女の子を、押し倒しておいて！　本当に何とも思わなかったの⁉」

私、何の権利があってこんなこと言ってるんだろう。仮に水斗に下心があったとしても、私にはそれを糾弾する権利なんかありはしないのに。

頭ではわかっていても、口は勝手に動き続ける。

「ラッキーとか、あわよくばとか、絶対思ったでしょっ!!　どさくさ紛れに触ってやろうとか、ほんの少しでも思わなかった⁉　それを言い訳して誤魔化そうなんて――」

「思わなかった」

揺れのない声で、水斗は言った。

「何とも思わなかったよ。強いて言えば、東頭が頭をぶつけてないか心配だったな」

「……カッコつけないでよ……」

「真実だ」

「だったら、証明してよ」

私は無理難題を言った。

最悪に面倒臭い女になった。

「女子を押し倒しても何とも思わないって、証明してみなさいよ。そうしたら信じて――」

「わかった」

水斗は立ち上がり、ベッドに腰掛けた私に近付いた。

え？

「証明すればいいんだな？」

「ちょっ――」

抵抗する間もなかった。

腕を掴《つか》まれた、と思った次の瞬間には、ばふっと、柔らかなベッドの上に押し倒されていた。

「…………」

「…………」

白々しく輝くＬＥＤ電灯の手前に、水斗の顔がある。

水斗の細い手が、私の腕をシーツに押し付け、水斗が立てた膝が、私の両足を捕らえている。

生暖かい息がほのかに、唇に当たった。

それに溶かされたように、私は凍っていた喉を開く。

「……何とも、思わない？」

「……思わない」

「本当に？」

「本当に」

「……うそだ」

「嘘じゃない」

ううん、嘘。絶対絶対、嘘。

だって、私の頭の中は、とっくにいっぱい。一昨日《おととい》の夜の感触が蘇《よみがえ》って。もっともっと思い出したいって、脳細胞の全部が叫んでる。

「……腕、疲れる？」

じっと水斗の目を見つめながら、私は言った。

「バランス——崩れ、ない？」

飽くまで、水斗が何とも思わないというのなら、それは事故。

ただの、不可抗力だ。

誰に謝る必要も、誰に遠慮する必要も、どこにも、ない——

「……君……」

水斗の呟《つぶや》きに、私は答えなかった。

代わりに、ベッドに突いた水斗の腕に、そっと触れる。

少し力を込めて、肘を曲げさせる——それだけで、きっとバランスは崩れる。

今のバランスだって、悪くはない。

だけど、私は、それでも——

「──水斗くーん？　結女さーん？　怒鳴り声が聞こえましたけどー──」

ガチャッ。

東頭さんが、ノックもなしにドアを開けた。

「…………」

「…………」

「…………」

私も、水斗も、東頭さんも、完全に停止した。

凍りついたような空気が、私たちを支配した。

そして──十何秒か経《た》った頃。

東頭さんが、そうっと、ドアを閉め始めた。

「……お、お気遣いなくー……」

「「バランスを崩しただけ!!」」

ドアが完全に閉められる前に、私たちは心の底から叫んだのだった。

「いやー、さすがに焦りました」

ひとまず水斗だけを部屋に帰し（これ以上同じ部屋にいると冷静ではいられなそうだったので）、私は東頭さんの誤解を必死に解いた。

……誤解？　まあ、誤解……で、いいと思う。うん。

東頭さんは私の言い分を意外とあっさり信じてくれたんだけど、

「ドアを開けた瞬間、すべてが腑《ふ》に落ちましたもんね。あー、そういうことかー、それでわたしフラれたんだー、って」

「う、うん……。なるほどねー……」

目を逸《そ》らす私。

「と同時に、そういう関係だったくせにわたしの告白に協力したんだー、マジかー、とも思いましたけど」

「そ、そうよねー。ありえないわよねー」

ひたすら目を逸らす私。

「それでも、結女さんならアリかなー、と思ったんですけど」

「え？」

「誤解だったんですね！　びっくりしたー」

いやいや待って、解決しないで。聞き捨てならないんだけど。

「わ、私ならアリなの？　水斗のことが好きなんじゃないの？」

「え？　前に言いませんでしたっけ？　水斗君に別の彼女ができても気にしないって」

「確かに聞いた覚えがあるけど……」

「それにしたって、相手によるところはあるじゃないですか。男漁《あさ》りが趣味ですみたいなビッチが相手だったら嫌ですし」

「……そうね」

「その点、結女さんならいいかなって。義理のきょうだい同士で付き合うのは面倒も多そうですけど、それはまあ、正直言ってわたし関係ありませんし」

へへー、と笑う東頭さん。清々《すがすが》しいまでに無責任だ。

「だとしても……私が告白に協力してたことも気にならないの……？」

「それは解釈によるじゃないですか。義理とはいえきょうだいで付き合うのに抵抗を持っていた結女さんが、水斗君に別の彼女を作らせようとしたのかもしれませんし」

物分かりが良すぎる。ちょっと分けてほしい、その理解力。

「まあでも、全部誤解だったんですよね？」

「そ、そう。そうよ。私と水斗は付き合ってないわ。まったく」

「そうですかー。まあ、そうですよね。義理のきょうだいで恋愛なんて、そうそうありませんよね」

そう。あるわけないのよ。そうそう。あるわけない、のに……。

……そっか。

東頭さんは……私たちが付き合っても、悪く思わないんだ。

許して、くれるんだ。

「東頭さん……」

「あい？　結女さん？」

私は東頭さんの身体《からだ》を、正面から抱き締めた。

「私……東頭さんに、幸せになってほしい」

「もう充分幸せですよ？」

にへへ、と笑って、

「ライトノベルだったら、とっくにハッピーエンドで完結してます」

そっか。

だったら私も、早くあなたのようになりたい。

どうしたらそうなれるんだろう。

この気持ちを水斗に伝えて……受け入れてもらって……恋人に、戻る。

それで、本当にいいの？

それで、昔の私を超えられるの？

◆ 伊理戸水斗 ◆

結女の部屋から戻ってきた東頭は、むふー、と満足そうに鼻息を噴いた。

「結女さんとイチャイチャしてきました！」

「……そうか。よかったな」

「はい！」

いつも楽しそうでいいなあ、こいつは。

心の底からそう思う——僕も東頭くらいきっぱりと心を切り替えて生きていけたら、どんなにかいいだろう。

だけど、僕は考えてしまう。結局、結女の奴はどういうつもりだったのか。

バランスを……崩せばよかったのか？

せっかく成立しているこのバランスを、崩してしまってもよかったのか？

……悪いことは、なかったのかもしれない。法律的には問題ない。東頭的にも問題ない。

だとしたら、もう、気にすべきことなんて何もないじゃないか。

僕個人の感情、それ以外には。

東頭の耳の下あたりから、柔らかな髪を乱れない程度に、わしゃ、と触った。

東頭は撫《な》でられた犬みたいに目を細めつつ、

「どうしましたー？」

「セラピー」

「どうぞどうぞ」

指の隙間に髪の感触を、手のひらに温かな肌を感じながら、僕はこの親友のことを思った。

「東頭」

「はいー？」

「君にはいつか、大事な相談をするかもしれない」

東頭はぱちぱちと目を瞬《しばた》いて、

「それは大役ですねー。頑張ります」

いつも通り気楽そうに、そう答えたのだった。


「あ……もうこんな時間ですか。そろそろ帰りませんと……」

「ん。じゃあ途中まで送るよ」

「えー？　いいですよ」

「たまにはいいだろ。久しぶりだしな」

「それじゃあ、まあ。……えへへー」

嬉《うれ》しそうじゃないか。口だけ遠慮しやがって。

東頭を伴って、階段を降りる。

リビングの前を通りかかる寸前、あれ？　と心に引っかかるものがあった。

何か忘れてるような……？

首を傾《かし》げながら、ドアが開けっ放しのリビングの前を通り過ぎ――

「あっ、東頭さん、もう帰るのー？」

由仁さんが笑顔でぱたぱたと駆け寄ってきた。

その背後で、父さんもちらりとこっちを見る。

由仁さんは東頭にぐいと詰め寄って、

「大丈夫？　帰れそう？　つらかったら晩ご飯食べてってもいいよ？　何なら泊まっていってもー――」

「だ、大丈夫です！　帰れます……！」

「そう。ならいいんだけど……」

んん？　なんだ、この心配ぶりは。

怪訝《けげん》に思っていると、由仁さんはちらっと僕を見るや、ささっと身を寄せて耳打ちしてきた。

「（水斗くん、水斗くん。今度からは、東頭さんが来る日は先に教えておいてね！）」

「え？」

「（わたしたち、うまく家を空けておくから！　結女も連れ出しておくから！　ね！）」

なんで家を――あ。

にわかに変な汗が滲《にじ》み出す。

忘れてた。

東頭を押し倒しているシーンを見られたのは、結女にだけじゃなかったんだ。

由仁さんは東頭の手をぎゅっと握り、心からの笑顔で告げた。

「おめでとう！　これからも水斗くんをよろしくね！」

「は、はい。ありがとうございます……？」

問題、あったわ。僕個人の感情以外にも。

本日をもって、由仁さんたちの東頭の認識が『僕の元カノ』から『僕の今カノ』にクラスチェンジした。

そして、このたった数時間のうちに、その認識が親族一同にまで波及していたことが、結女のもとに届いた円香さんのメッセージによって判明したのだった。

元カノは看病する「……伝染《うつ》したら治るって、本当かしら？」

◆伊理戸《いりど》結女《ゆめ》◆

前回のあらすじ。

やらかした。

「――なあ。ここに置いてあったコップ、どこにやった？」

「え？　流しに持っていったけど？」

「はあ？　まだ使うつもりだったのに……」

「知らないわよ。適当に置いておくのが悪いんでしょ？」

「はあ……」

「……ふんっ」

見よ。これがほんの数日前、キスをした男女の会話だ。

ここのところはお互い慣れて、まだしも穏やかだったはずなのに、気付いてみれば険悪な関係に逆戻り。

どうしてこうなった。

いや、わかっている。わかっているけど、ちょっと待って？　私はただ、ほんのちょっと照れ隠しをしただけなの！　キスした理由を正直に言うのが恥ずかしくて、慣れたノリに逃げただけ！　なのに……！

その後、東頭《ひがしら》さんのあれやこれやがあって、うやむやになったかな～、と思ってみればこの有様。水斗《みずと》の当たりは夏休みの前より強くなっていて、私も思わず言葉に棘《とげ》が立ってしまう。

うう～……！　違うの、違うの……！　私がやりたかったこととは真逆なのお～……！

本当は、もっとこう、小悪魔的に接して、水斗の顔を赤くしたり、挙動不審にさせたりしたかったのにい～！

どうやったらその流れに戻れるんだろう……。あれは照れ隠しだったたって説明する？　今更？　無理でしょ！　そんな風に下手《したて》に出たら小悪魔できなくなるし！

私はリビングのソファーに座りながら、キッチンで浄水ポットからコップに水を注いでいる水斗を見やる。

とにかく、棘のある反応をやめることだ。脊髄反射でツンケンするからややこしくなるのだ。そう、私は学習する女。特技はＰＤＣＡを回すこと――

がちゃんっ！　と大きな音がして、私はびくりと振り返った。

水斗が顔をしかめて床を見下ろしている。

立ち上がって見に行くと、蓋の外れた浄水ポットがキッチンの床に転がり、零《こぼ》れた水でびちゃびちゃになっていた。

「だ、大丈夫？」

浄水ポットはプラスチック製だし、割れてはいない。たぶん怪我《けが》はないと思うけど……。

水斗は雑巾を手に取って床にしゃがみ込む。私も手伝おうと近付いて、

「来るな」

硬い声に阻まれた。

「近付くな。一人でできる」

私はその場に立ち尽くし、何もできなくなった。

……そんなに……？

そんなに、私のこと、嫌い？

確かに、確かに、私たちは一度別れたけど。でも、でも、一度は本当に、両想《りょうおも》いだったじゃない。

今の私は、そんなにダメなの？

昔の私と、そんなに違うの……？

水斗は水浸しになった床を拭き終えると、浄水ポットに水を入れ直して冷蔵庫に戻す。

それから、一言もなく、私の隣を通り抜け――

ん？

私は振り返り、リビングを出ていく水斗の背中を見る。

今……何だか、顔色悪くなかった？

◆　伊理戸水斗　◆

思考がはっきりしない。

身体《からだ》の節々が痛い。

喉の奥がいやに乾いた感じで、息をするのも億劫《おっくう》だ。

総合的に判断して――僕は、風邪をひいていた。

「……はあ……」

やっとの思いで自分の部屋に戻ると、ベッドに身を投げ出した。

久しぶりだな……。いつぶりの風邪だろう？

田舎でウイルスでももらってきたか……。やっぱり祭りなんか行くもんじゃないな……。

……あいつには、伝染《うつ》ってないよな……。

唇に蘇《よみがえ》った感触を打ち消すようにして、僕はベッドに潜り込んだ。

とにかく、寝よう。それで治るはずだ。

子供の頃から、風邪のときはいつもそうしているんだ――

……つめた……。

額に載った、ひんやりとした感触で目が覚めた。

ぼんやりとした意識のまま体調をチェックする。喉はまだ痛い。気だるさも抜けていない。どうやら、もう何回か眠る必要があるらしい。

一刻も早く治すため、再び睡魔に身を委ねようとした僕を、すんでのところで疑問が捕まえた。

額に載ってる、この冷たいやつ、なんだ？

熱冷ましシートのような気がするけど、そんなもの、僕は使った覚えがない――

ゆっくりと瞼《まぶた》を開けた。

「あ」

ぼやけた視界に、見慣れた顔がある。

そいつは僕が目を開けたのに気付くと、長い黒髪を耳の後ろに掻《か》き上げながら、僕の顔を覗《のぞ》き込んでくる。

「大丈夫？」

まるで普通の家族みたいに声をかけてくるそいつを見て、僕はまだ眠っているんじゃないかと疑った。

だって、そうだろう。

何が気に食わないのか、ずっと不機嫌で、近付いてこようともしなかったくせに……そんな、まるで心配でもしているような……。

「何か欲しいものある？　スポーツドリンクなら持ってきてるけど」

「……くれ……」

「ん。起きれる？」

のそのそと起き上がっているうちに、結女はストローを挿したコップにスポーツドリンクを注いで、僕の口元まで持ってくる。

「……自分で飲める……」

「こぼして濡《ぬ》れたら逆効果でしょ。いいから」

それでも僕は、結女の手の上からコップを支えて、ストローを口に含んだ。甘く冷たいドリンクがチューっと喉の奥に染み渡っていく。

「まったく……しんどいならそう言ってよ」

結女は呆《あき》れた口振りで言った。

「性質《たち》の悪い風邪だったらどうするの？　せっかくの夏休みなのに……」

「……うるさい……」

「何よ。看病するのもダメなわけ？」

「……僕は……」

熱に浮かされた頭のまま、僕は言葉に口を素通りさせる。

「……ただ……怖くて……」

「え？」

そこで力尽きて、再び枕に頭を戻す。

ちょっと喋《しゃべ》ったら、疲れた……。

「寝るの？　熱は？　測った？」

測ってない。

と声にすることもできないまま、僕はまた眠りに落ちていく。

◆　伊理戸結女　◆

……寝ちゃった……。

くうくうと静かに寝息を立てる水斗の顔を見て、私は仕方なく体温計を取り出す。

そして、ゆっくりと、水斗の服のボタンに手をかけた。

仕方なくだからね、仕方なく……。下心なんてない。ないから……！

ぷちりとボタンを外すと、白い鎖骨と胸板が目に入って、ぐわわーっと血が顔に上ってきた。病人よ、相手は！　落ち着け、落ち着け……！

腋《わき》の間に体温計を差し込む。……前々から毛の薄いタイプだとは思ってたけど、腋毛も全然生えてないんだ……。

ピピピピッ——、と計測終了の音が鳴る。

私はハッと我を取り戻して、体温計を水斗の腋から引き抜く。あ、危ない危ない……。

この前のキスに込めたのは、決して眠った病人を勝手に眺め回す決意ではなかったはずだ。自重しなければ。自重……。

37度9分。

体温計に表示された数字は、微熱と侮れるほどでもなければ、高熱と言うほどでもなく。この分なら、一晩休めば治りそうね。

「……よかった……」

何日もこの様子だったら、私は自制心を保ちきれる自信がない。気持ちを自覚するのも考えものだ……。

私は強い意思で目を逸《そ》らしつつ水斗の服を直すと、一息ついて、その寝顔を見つめた。

——……ただ……怖くて……

怖くて？

何が怖いって言うんだろう……。私、そんなに言い方キツかった？　譫言《うわごと》で呟《つぶや》くくらい
……？　んぐおーっ……！

……別に、ツンケンしたくてしてるわけじゃない。

でも、私たちの関係は、もうすっかりそういう風になっていて。昨日の今日でいきなり、その慣性からは抜け出せない。顔を合わせれば自然と嫌味《いやみ》が出てくるし、向こうが言い返せばこっちもさらに言い返す。そんな距離感が、今の私たちのデフォルトなのだ。

わかっている。心を決めたからって、昔に戻れるわけじゃない。

いや、戻ってはいけないのだ。それじゃあ結局、以前の繰り返しでしかない。

私が不覚にも、今のこいつに惚《ほ》れ直してしまったように——こいつにも、今の私に惚れ直してほしい。

高望みかもしれないけど。……そのくらいでなければ、私たちは恋仲には戻れない。

私たちは男と女である前に、義理のきょうだい。

試しに付き合ってみたけどダメでした、が許される立場じゃないんだから。

……でも、どうしたらいいかなあ。

たぶん、正直に話しても警戒されるだけだろうし。我ながら信頼を失いすぎている。

私が何もしなくても、私のこと勝手に好きになって、勝手に告白してきてくれないかなあ〜……。

「…………成長どころか、中学の頃より退化してるわね。

……おじやでも作ろっかな」

作ったことないけど。まあレシピを検索しつつやれば何とかなるだろう。

私は立ち上がって、いったん水斗の部屋を出た。

◆　伊理戸水斗　◆

これは夢だと、一発でわかった。

『お水飲める？　飲ませてあげようか？』

まるで母親のように甲斐甲斐《かいがい》しく世話を焼いてくる、伊理戸結女。そこには嫌味も皮肉もなく、見返りを求めない慈愛だけがある。

現実には絶対にありえない、薄ら寒い幻覚だ。

『熱測ろっか。ほら、腕上げて――』

――今更、なんだよ。

そんな風にしたって、どうせ同じだろ。君がどんなに僕に優しくして、僕たちがどんなに仲良くなろうと、結局、些細《ささい》なことでダメになるんだろ？

人間、根っこの部分はそうそう変わらない。僕も君も、大して変わっちゃいないんだ。

きっとまた、相手のことを認められなくなることがある。そのとき、どっちが折れる？

どっちが赦《ゆる》す？　——きっとどっちも、赦さない。

僕たちは、東頭みたいに頭を切り替えられないんだ。

ずるずるずるずる、感情に引っ張られて、意地を張って、意固地になって——気付いたときには、身動きが取れなくなってる。

だったら……ただの義理のきょうだいで、良かったじゃないか。

ようやく、過去のことを水に流せそうになっていたのに。

引きずっていた感情を、やっと手放せそうになっていたのに。

……なのにどうして、余計なことをするんだよ。

うんざりなんだ。

上手《うま》くいったと思えば上手くいかなくて、嬉《うれ》しいと思えば落ち込んで。

今日と同じ明日が来ない。

一時として落ち着くことがない。

……そのくせ、最後には泡のように弾《はじ》けて無駄になる。

恋なんて、一時の気の迷いだ。

思春期に見せられる、性質の悪い夢だ。

——あんな目に遭うのは、もううんざりだ。


「……ん……」

ぼんやりと瞼を開けると、カチ、コチ、カチ、という時計の音だけがあった。

ベッドの傍らには、誰もいない。

スポーツドリンクだけが、サイドテーブルに置かれていた。

僕はゆっくりと身を起こす。

肘をぐいと伸ばした。節々の痛みがだいぶん収まっている。頭の中をぐらぐらと揺らす気持ち悪さも、眠る前に比べればないに等しい。汗も少しかいていて、代謝が復活していた。喉だけはまだ痛いが……どうやら、ウイルスは壊滅寸前のようだ。

僕はスポーツドリンクを一杯飲み干して風邪の残滓《ざんし》を洗い流すと、ベッドを降りた。

別に目的があったわけじゃない。寝るのに飽きただけのことだ。

部屋を出て、階段を降りていくと、リビングのほうから気配がした。

戸を開ける。

「えーと、塩を大さじ……大さじってどのくらい⁉」

キッチンに、ポンコツが立っていた。

部屋着の上にエプロンをかけ、長い髪は邪魔にならないようポニーテールに縛り、格好だけはいっちょ前だ。が、計量スプーンに山盛りになった塩を睨《にら》みつけて眉根を寄せる様は、初めて調理実習に臨む小学生もかくやだった。

「大さじ一杯……一杯よね、これ？　まあいっか」

「良くない」

「え？」

山盛りの塩を鍋に放り込もうとした手を、僕はすんでのところで摑《つか》んだ。

結女が振り返り、ぱちぱちと目を瞬《しばたた》く。

「あなた……もう大丈夫なの？」

「大さじ一杯は山盛りじゃなくて平らにした状態のことを言うんだ。家庭科で習っただろ」

「え……あ、そうだっけ……？」

僕はいったん結女の手を放すと、流しで手を洗い、その指で計量スプーンに載った塩を平らに均《なら》した。それからぐつぐつ煮える鍋に入れる。

鍋の中で煮えているのは米だった。コンロの横に卵が用意してあるところを見ると、どうやらおじやを作ろうとしていたらしい。

「……僕が寝てる間に慣れないことするなよ。火事になったらどうする」

「そっ……そこまで下手じゃないわよ！　私だってたまにご飯作るの手伝ってるし！　お米は一人で炊けたし！」

「そうだな。米の炊き方も、僕が教えるまで知らなかったな」

「うぐっ……！」

結女は明後日《あさって》の方向に目を逸らすと、不服そうに唇を尖《とが》らせた。

「……挑戦したことを評価してよ。一応、あなたのためなんだから……」

僕は横目にその顔を見る。

「病人に気を遣わせるのが君の看病か？」

「んぐっ……うー……！」

結女は子供のように唸《うな》って、僕の顔を睨んだ。『この嫌味男。もう少し弱っていればよかったのに』と表情に書いてある。

そうだ、それでいい。

僕は結女への視線を切り、冷蔵庫の野菜室を開けた。

「ご飯と卵だけじゃ栄養が足りないだろ。ネギくらい入れろ」

青ネギを取り出し、まな板の上に置く。

「あっ……！　これ以上は私が……！　まだ治ってないでしょ？」

「ほとんど治ってる。君に塩っ辛いおじやを食べさせられたらぶり返すだろうけどな」

「でも病み上がりなのには違いが――」

「君は卵を溶け。まさか卵も割れないなんて言わないだろうな」

「……わかったわよ！　そこまで減らず口が叩《たた》けるなら大丈夫そうだし！　割ればいいんでしょ、割れば！　ちゃんと練習したんだから！」

結女は生卵を流し台で軽く叩き、ヒビを見て首を傾《かし》げ、また軽く叩き――を繰り返し始めた。もちろん割るときに力が入りすぎ、ぐしゃりと握り潰して、あわあわと慌てて殻の欠片《かけら》を取り除くことになった。

僕はそれを横目にネギを刻む。こんな不器用な奴《やつ》に包丁なんて触らせたら、それこそ病状が悪化しそうだ。

卵を円を描くように投入し、刻みネギを適当に振りかけて、おじやは完成した。

鍋を持とうとしたら、「ポット落としてたでしょ」と言われて、半ば強引に結女に奪われた。……まあ、確かに、まだ完全復活とは言い難い。思ったより力が入らない可能性はあるし、危険性を鑑みて、ここは素直に任せることにした。

僕がダイニングテーブルに鍋敷きを広げると、結女がその上に鍋を置く。それから茶碗《ちゃわん》を二人分取ってきて、鍋を挟んで向かい合う形で座った。

「君も食べるのか？」

「出来が気になるし」

外はまだ明るいが、時刻はすでに午後7時。夕飯時だ。健康の身では、夕飯がおじやではとても足りないと思うが――この女、僕のことにかかずらってたせいで、自分の分を用意し損ねてるじゃないか。

結女は僕の意見を聞きもせず、勝手に二杯の茶碗におじやを取り分けた。それから「あ、お箸忘れてた。……レンゲのほうがいいか」と呟《つぶや》くや、ぱたぱたと小走りにレンゲを取ってきて、自分と僕の前に置く。

「いただきます」

そして律儀に手を合わせ、レンゲで黄色いおじやを掬《すく》い取った。

「あふっ」

愚かにもそのまま口に入れようとしたので、当然、顔をしかめて仰《の》け反《ぞ》ることになる。

「冷ませよ……」

「あ、熱いほうが美味《おい》しいでしょ」

などと抗弁しつつも、ふーふーと息を吹きかけておじやを冷まし始めた。

たぶん、お腹《なか》が空《す》いてたんだろうな――察しはつきつつも、それ以上、思考を前には進めない。空きっ腹を抱えながら慣れない料理をしている女の姿なんて、想像したって何の意味もありはしない。

結女はゆっくりとレンゲを口に入れ、もごもごとおじやを味わう。

「美味しい……」

僕は湯気を吹き飛ばすようにおじやを冷ますと、レンゲを口に含む。卵の絡んだ米粒を咀嚼《そしゃく》すること数秒。

「米が水っぽいな。炊くとき水入れすぎたんじゃないか？」

「うっ。……ご、ごめん……」

「……まあ、おじやなら多少はいいだろ」

二口目を口に運ぶ。幸いなことに、食欲は普段以上にあった。

次々にレンゲを動かす僕を、結女は驚いたような目で見て、……それから、安心したようにふっと微笑《ほほえ》んだ。

「一緒に料理して、一緒に食べて……」

二杯目を鍋から取り分けていたら、結女がふと、取り留めのない呟きをこぼした。

「……結婚したら、こんな感じなのかな」

僕はちらりとその顔を窺《うかが》いつつ、

「今と大して変わらないだろ」

「そうかな」

「同じ家に住んでるし。苗字《みょうじ》も一緒だし」

「それもそっか。……んん？」

結女が不意に首を傾げる。

「今の……」

「どうした？」

「いえ、……えっと」

結女はかすかに頬《ほお》を染めると、視線をテーブルの上に逃がした。

「今の……私とあなたが結婚するって前提の話になってたけど……」

「ん？　……あ」

普段より霞《かすみ》がかった頭が、ようやく自分の発言を認識する。

「……二人でいるときにそんな話をするからだろ。文句があるなら、誰か彼氏でも——」

「やだ」

食い気味の否定に、思わず口ごもった。

テーブルの向こうで、結女は、空になった茶碗を見つめていた。

「それは……やだ」

「……それは、って——」

「——どういう意味だと、思う？」

ちらと、上目遣いの、試すような視線。

それに射抜かれたように、喉の奥がつっかえて、咄嗟《とっさ》に言葉が出てこなかった。

くすっと、結女はからかうように笑う。

「なるほど。……ちょっとわかってきた」

「なんだよ……」

「べつに？　中学時代にすっごくカッコいい彼氏がいたから、他の男子が全員見劣りするってだけの話だけど？」

「…………は？」

「冗談よ」

にやっという、悪戯《いたずら》が成功した子供のような笑み。

まさか、今……もてあそばれたのか？

この、成績だけが取り柄の、高校デビューのポンコツに？

「食べ終わったら、もうひと眠りしたら？　まだ頭働いてないでしょ」

「……そうするよ」

そう。頭が働いてないんだ。体内のウイルスさえ駆逐したら、この女の冗談になんか、絶対に引っかかりはしない。

……どういうつもりなんだ、本当に。

いつものようにツンケンするわけでもなく、昔のように好意を見せるわけでもなく。

まるで――違う人間みたいじゃないか。

◆伊理戸結女◆

水斗が二階に引っ込んでいくのを見届けると、私は長く息をついて、椅子の背もたれにだらんと背中を預けた。

「……はー……」

今はこのくらいが、きっと限界。
冗談というオブラートに包まないと、本当の気持ちはとても口にできない。
それに……ちょっと、楽しかったし。

「……ふふ、ふ……」

私の思わせぶりな言葉と態度について、今も水斗が考えてくれていると思うと、ニヤニヤが止まらなくなってしまう。
これが女。大人の女の愉《たの》しみ。
やっぱり成長していたのだ。中学の頃の私では、こんな高度な駆け引き、絶対にできなかった――

「ふふ……ふふふ、ふふふふふふふ――」

「結女ー？　一人で何ニヤニヤしてるのー？」

「ふああーっ⁉」

いつの間にか帰ってきていたお母さんに話しかけられて、私は思わず跳び上がった。

◆　伊理戸水斗　◆

『……伝染《うつ》したら治るって、本当かしら？』

また、夢だ。

一目見てわかる。あの女が、賢ぶっているだけのポンコツが、こんな妖艶な微笑みを浮かべて迫ってくるなんて……騙《だま》すつもりだとしたら、あまりにもお粗末だ。

迫り来る微笑と唇を払いのけるように、僕は意識を浮上させる。

暗闇が目の前を覆っていき、しばらく待って、それが瞼《まぶた》の裏だと気付けるようになった。

まったく、我ながら単純すぎる。ついさっき、もてあそぶようなことをされたからって、こんなお粗末な夢を見るなんて。あいつにできるわけないだろ、あんな寝込みを襲うようなこと。付き合っていた頃でさえ、自分からキスしてくるなんて滅多《めった》にあることじゃあなかったのに――

心の中で失笑しながら、ゆっくりと瞼を開いていく。もう深夜になっているだろうか。

昼間にずいぶん寝てしまったから、この後さらに寝るのは無理だろうな。どうやって暇を潰そう。そういえば、まだ読んでいない本があったっけ——

「…………………」

「…………………⁉」

まだ夢を見ているのかと、本気で疑った。

薄く瞼を開けた僕の目の前に、静かに瞼を閉じた結女の顔が、本当にあったのだから。

僕は慌てて息を詰める。

結女の唇から漏れた、細く、弱い吐息が、僕の唇に触れていた。

右耳の後ろに垂れ髪をかき上げた格好で、結女の顔が近付いてくる。顔を逸《そ》らせば、起きているのがバレるだろう。だから僕は、薄目でそれを見つめることしかできなかった。

田舎での、夏祭りの夜が脳裏に蘇《よみがえ》る。

そう、あれがあった。こいつが自分からキスしてきた、数少ない例。

……いや、違う。あれは、バランスを崩しただけなのだ。

だとすればこれはなんだ？　また崩したのか？　偶然にも？　そんなわけあるか馬鹿！

冷静になれ！　こんなことが何度も続いたらどうする。なんとなく許して……なあなあになって……僕らは、同じ家に住んでいるんだぞ。二人きりになろうと思えば、いつでも簡単になれる環境なんだぞ！　そんなことになったら、もう——

「……なんてね」

――すいっと、結女が顔を離した。

圧迫感が急に消えて、まるで取り残されたようだった。

僕が薄目で見やる先、結女はこっちを見下ろしていた。僕が慌てて寝たふりをすると、結女はくすりと自嘲するように笑う。

「伝染して治るなら、感染症なんて怖くないかぁ」

誤魔化すように呟いて――結女は、すたすたと部屋を出ていった。

その足音が聞こえなくなってから、僕はむくりと身体《からだ》を持ち上げる。

額からぺろりと熱冷ましシートが剝《は》がれて、布団の上に落ちた。

僕はしばらく、無言でそれを見つめていた。

「――…………………………」

――……なんてね
じゃねえよ!!

誰に対するジョークだそれは！　誰も見てなかっただろうが！　ピエロでも一人のときは大人しく黙るわ!!

「……くっ……」

身体はほぼほぼ復調している。喉に乾くような痛みを残すのみだ。だけど、ここに来て新たな症状が増えた。目眩《めまい》でくらくらする。

わからない。

本当にわからない。

僕は……どうすればいいんだよ？

「——あ、水斗くん起きてる」

部屋の扉が開いて、由仁《ゆに》さんがひょっこりと顔を出した。

由仁さんは部屋に入ってくると、さっきまで結女が座っていた椅子に座る。

「体調は、もう大丈夫な感じ？」

「ええ、はい……もう大体」

「やっぱり若いわね。こんなときくらいお母さんしたかったけど、出番なかったかぁ」

由仁さんはころころと笑う。

僕は時計を見た。そろそろ日付の変わる頃だった。三〜四時間は寝ていた計算になるけど……出番がなかったって、そんなに帰りが遅かったんだろうか？

「実はねー……あ、これ結女には秘密ね？」

シーッと人差し指を立てて、由仁さんは嬉《うれ》しそうに言う。

「看病代わろうかって、言ったんだけどね。結女が『自分でやりたい』ーって断って」

……僕の看病を？　自分だけで？

「慣れないことして疲れてるくせに。いつの間にか責任感のある子に育っちゃって～」

由仁さんの言葉には含みがなく、純粋に我が子の成長を喜んでいるように見えた。

けれど、僕は、単純には受け取れない。

単なる責任感の発露だなんて、思えない。

……君は、僕のことが好きなのか？　嫌いなのか？

きょうだいでいるうちは、どっちでもいいことだった。好きであろうと、嫌いであろうと――僕たちはただ、付き合っていたことのある義理のきょうだいでしかなかった。

でも君が、他の何かになろうとしているのなら――

……ふわふわして、モヤモヤして、落ち着かない。

嬉《うれ》しい気持ちとうんざりした気持ちがない交ぜになる。

ただひとつ、今この瞬間に確かなのは――

「ありがとうって、言っておいてください」

「ええ～？　自分で言ったら？」

「…………恥ずかしいので」

目を逸らして呟くと、由仁さんぱちぱちと目を瞬《しばたた》いて、

「やだ、ニヤニヤしちゃう……！　水斗くん、可愛《かわい》いところあるじゃない！」

「……やめてください」

「よし、決めた。わたし、絶対言わない！」

「え？」

「本当に感謝する気持ちがあるなら、自分で言いなさい。いつかでいいから、必ずね」

「え……」

「ふふっ。お母さんっぽかった？」

由仁さんはにっこりと笑い、

「これは同居生活の秘訣《ひけつ》です。一回ミスった反面教師からの忠告！」

……突っ込みにくい。けど、

「わかりました」

子供としては、そう肯《うなず》くしかなかった。

◆　伊理戸結女　◆

翌朝。

いつもより起きるのがだいぶ遅くなってしまった。それというのも、夜遅くまで水斗のそばに付いていたからだ――体調もほとんど戻っていたし、心配いらないのはわかっていたけれど、一応、四月に私が風邪をひいたときも面倒を見てもらったし……最後まで付き合うべきだと思っていたのだ。……それと、まあ、あの男、寝顔は可愛いし。

それもお母さんから治ったことを教えられて終わり、床に就いて——今。

リビングで昼食をどうするか考えていると、キシキシと階段から音がして、戸が開いた。

パジャマ姿の水斗だった。

頭が寝癖でぼさぼさだった。

「あ……おはよう」

「…………………」

水斗はちらりと私を見ると、キッチンに歩いていき、浄水ポットからコップに水を注いで一気に呷《あお》る。その顔色は、すっかりいつも通りだった。

私は歩み寄っていき、

「熱、もうないの？」

「………………」

「お腹空《なかす》いてない？　今、お昼ご飯用意しようと思ってたんだけど……」

「…………………」

水斗は答えないまま、冷蔵庫から冷凍チャーハンを取り出し、電子レンジを開ける。

な、なに？　なんで無視するの？　治ったんならもう伝染す心配ないわよね？

「ねえ、ちょっと——」

私は水斗の肩に手を伸ばした。

水斗はスッとそれを避《よ》けて、一歩、私から距離を取った。

「え？」

空を掻《か》いた手を宙ぶらりんにした私を、水斗はちらりと一瞥《いちべつ》し、

「……あんまり近付くな」

小さく、低い声で言って、電子レンジのドアを閉めた。

ターンテーブルが回り始めると、水斗はじっとそれを見つめて、何も言わなくなった。

私は呆然《ぼうぜん》とその横顔を見る。

「……な、なんなのよ……」

昨日はあんなに甲斐甲斐《かいがい》しく看病してあげたのに……！　感謝の気持ちとか、少しはないわけ!?

「ふふっ」

ダイニングテーブルでくつろいでいたお母さんが、私たちを見てニヤニヤしていた。

「……何？　どうしたの？」

「さあ？　いつかわかるんじゃない？」

いつかじゃなくて、今教えてほしいんだけど。

私がどんなにそう思っても、お母さんも水斗も、何も言ってはくれないのだった。

東頭いさなは惑わない「……あの、……部屋、戻ります?」

◆ 伊理戸水斗《いりどみずと》 ◆

自慢じゃないが、僕には同級生の女子の家を訪ねた経験がある。

そして自慢じゃないが、その同級生の女子とは、当時の僕の彼女でもあった。

そう、本当に自慢ではない。

何せ僕は、彼女の家を訪ねたことはあっても、女友達の家を訪ねたことはないのだから。

『水斗君。明日、わたしの家、来ませんか?』

夜に通話がかかってきたと思えば、東頭《ひがしら》いさなはそんな話を切り出した。

「なんでだよ。別に君の家に用なんかないが」

『つれないですねー。わたしがいるじゃないですか』

「君、僕が行かなくても勝手に来るじゃないか」

『それなんですよ、それ』

「それって？」

『わたしが毎日のように水斗君ちに遊びに行くもんで、お母さんが……』

「なんだ。ついに叱られたか」

『いえいえ――一回、伊理戸さんちに挨拶させろ、と』

「あー」

なるほどな。真っ当な神経をした親なら当然の申し出だ。たぶん。

話の端々から類推するに、東頭の母親はなかなか強烈なキャラクターをしていたはずだが、その辺の社会的常識はわきまえているらしい。

『でもでも、なんか嫌じゃないですか。友達の家にわざわざ母親連れていくなんて』

「まあなぁ」

『というわけで、とりあえず水斗君だけでも、という話になりました』

「また面倒な……なんで君の親に挨拶なんかしなくちゃいけないんだ」

『ふふー。結婚するみたいですねー』

「行く気が失《う》せた」

『お願いしますよおー！　わたしがお母さんに殺されるんですーっ！』

「前々から思ってたが、君の母親は元ヤンか何かなのか」

『違いますよう。お母さんはヤンキーとかじゃなくて、ただ素で乱暴なんです』

「なおさら行きたくなくなった……」

『大丈夫ですって！　水斗君に礼と詫《わ》びを入れたいって言ってるんですから！』

「『礼』とか『詫び』とか、言い方がもうアレなんだよ……」

僕は溜《た》め息《いき》をついた。

まあ、先方の言い分は極めて真っ当だし、実のところ、招きに応じるのにはやぶさかではない。……東頭の家にも、興味がないといえば嘘《うそ》になるしな。僕の本棚は散々漁《あさ》られているのだから、そろそろやり返さないとフェアじゃないと思っていたところだ。

けど、なあ……。

僕は隣の部屋の方向を見る。

東頭の家に行くって言ったら、あの女、どんな顔をするかな……。

『……嫌、ですか？』

少し不安げな声が、スマホの向こうから聞こえた。

『本当に嫌なら、べつに、いいですけど……』

「いや、大丈夫だ。行く」

直前まで迷っていたのが嘘のように、僕は答えていた。

東頭は声を明るくして、

『ほんとですかっ？』

「ああ。僕のプライバシーばかり侵害されるのは心外だからな」

『侵害だけに？』

「侵害だけに。明日は君を丸裸にしてやる」

『えっ？　……あ、あのあの、そういうつもりなら、そのう、準備は男の子のほうでしておいていただけるとぉ……』

「言い損じた。君の本棚を丸裸にしてやる」

『もてあそばれました！　お母さーん！』

「馬鹿やめろ脳内ピンク！」

明日顔を合わせたときに、『こいつ今日ウチの娘を丸裸にしに来たのか』と思われたらどうするんだよ！

『むうー……水斗君、気を付けてくださいよ？　我が家にはそういう準備がありませんので』

「我が家にだってないよ。つまり、いつもと同じだ」

『そうですね』

じゃあお部屋を綺麗にして待ってますね、と言って、東頭は通話を切った。

それから、僕は何気なく、隣の部屋の方向に視線をやる。

……文句を言われる筋合いはないよな。

今の僕には、東頭を寂しがらせてまで守らなければならない義務は、何もないんだから。

東頭家は、大通りから少し外れたところにあるファミリー向けマンションだ。家まで送ったことがあるから、マンションの前までは来たことがある。が、いつもエントランスの手前で別れるので、中に入るのは初めてのことだった。

川波《かわなみ》・南《みなみ》家とは違ってオートロックではないらしく、すんなりとエントランスに入り、エレベーターに乗って事前に聞いた部屋番号を目指した。

東頭、という表札は廊下の一番奥にあった。角部屋である。

インターホンを目の前にして、僕はスマホを取り出し、東頭をコールした。

「もしもし、東頭？」

『んぁ……ふぁーい……』

「……君、もしかして寝起きか？」

『大丈夫でふー……。いま開けますねー……』

通話が切れる。まだ午後1時くらいだからな。夏休みだし、仕方がないか。支度が整うまで待とう。

そう思って荷物から本を取り出そうとしたのだが、その前にガチャリとドアが開いた。

「いらっしゃいですー……」

寝癖を付けた東頭が顔を出す。

その姿を見て、僕は呆《あき》れ顔を浮かべた。

「それが客を迎える格好か」

東頭は、大きめのTシャツにゆったりしたショートパンツを穿《は》いただけの、明らかに寝起きの格好だった。

ベルトも何もしていないから、大きな胸に持ち上げられたTシャツの裾が、お腹《なか》の前で暖簾《のれん》のように揺れている。使い古しなのか襟ぐりがだるだるで、白い胸元がちらちら見えているし、ショートパンツからは太腿《ふともも》を無防備に晒《さら》していた。

明らかに来客を――それも、仮にも男を迎える格好ではない。

東頭の無防備さは今に始まったことではないけど、今までは少なくとも外には出られる格好だった。でも、これは自宅の中だけの……。

「んあー……そういえばパジャマのままでした……」

東頭は襟元を軽く引っ張り、自分の姿を見下ろす。襟からTシャツの中が覗《のぞ》けそうになり、さすがの僕も目を逸《そ》らした。

……ん？　今……？

「すみません……さっきまで寝てたのでー……くあ……」

「着替えろよ。待ってるから」

「あー、大丈夫です……。あとでちゃんとするので……。とりあえず入ってください……」

東頭がくしくしと目をこすりながら玄関の奥に戻っていく。

本当にいいのか？　首を傾《かし》げつつも、僕は東頭家の敷居を跨《また》いだ。

「くあ～……」

東頭が欠伸《あくび》をしながら、サンダルを脱ぎ捨てて框《かまち》に上がった。

やはり目が覚めていないのか、その際、上がり框の角に躓《つまず》いて――

「……っとっと」

――ぶるんっ。

……ん？

今……妙に、胸が……揺れ……？

「危ない危ない。へへ～。……あ、水斗君、スリッパいりますか～？」

「いや、別にいいけど……」

「そうですか～。それじゃついてきてくださいー」

気のせいか？　別にいつも揺れ方を注意して見てるわけじゃないし……。

玄関から右に延びていく廊下を、東頭はぽてぽてと歩いていく。

と思いきや、玄関からすぐのところに扉があり、東頭はそれを開いた。

「わたしの部屋はここです」

「ずいぶん玄関に近いんだな」

「でしょー？　外に出るとき楽です。へへー」

「羨ましいよ。十五年以上、二階に住んでいる身としては」

「わたしとしてはそっちのほうが憧れますけどね。二階建てー」

「あっちは？」

　廊下は数メートル進んだところで左に折れている。その角の突き当たりに、もうひとつ扉があった。

「あっちはお父さんとお母さんの寝室ですー。角を曲がったらリビングがあります」

「先にしたほうがいいのか？　挨拶」

「お母さんはちょっと出かけてるので、あとでいいですよー。お父さんは今日はいません」

　今日はってことは、いるときのほうが多いわけだ。その辺り、川波家や南家とはちょっと違うな。

「どうぞご遠慮なくー」

　東頭は道を空けて、僕を部屋の中に招き入れる。

　東頭の部屋は、まあおおよそ想像通りだった。

　文庫本でぎっしり詰まった本棚があり、そこからあぶれた本が、勉強机やベッド、床に積まれて塔を形成している。本の他にも、学校のプリントだの脱ぎ捨てた靴下だのが散乱していて、『あー、東頭の部屋だなあ』という感じだ。

僕が適当に床に座ると、東頭は扉を閉めた。

「ふあ〜……ベッド座ってもいいですよ？」

「僕は君ほど豪胆じゃない」

「えー？　そんなに変ですかねえ……」

首を傾げつつ、東頭はタオルケットが生々しく乱れているベッドに「んしょっ」と膝を乗せる。

それにしても、部屋を綺麗《きれい》にしておくと言っていたのはなんだったんだ。その辺に散らばってるプリント、まさか夏休みの宿題じゃないだろうな——ん？

何気なく動かした手に、何か布のようなものが触れた。

なんだこれ？　薔薇《ばら》のような赤色の、お椀《わん》のような型が二つくっついた——

……、……………、……………。

………ブラジャーでは？

無造作に床に転がっていたそれは、明らかに、ブラジャーだった。以前に見た結女《ゆめ》のものとは違う。何が違うって、サイズが。自己申告によれば、確か東頭はGカップ——

ああもう！　本当に来客を迎える状態じゃないじゃないか！

僕は大急ぎで、そばに転がったブラジャーから目を逸らす。

逸らした先で、事件は立て続けに起きた。

「ん～……」

ベッドの上で、ぺたんと女の子座りをした東頭が。

寝起き特有のぼやぼやした声で呻《うめ》きながら。

ぐいっと、Tシャツの裾を両手でまくり上げたのだ。

お腹《なか》を見たかった、という感じではない。

そのまくり上げ方、勢いは、明らかに――脱ぐときのそれだった。

東頭のへそが見え、肋骨《ろっこつ》が見え、そしてその上のものに、Tシャツが引っかかった。

Tシャツの裾が、それをぐいと持ち上げた。

重力に引かれ、それは下半分をTシャツから零《こぼ》れさせる。

この段に至って、僕はようやく気が付いた――さっき抱いた、違和感の原因に。

下着を……着けていなかったのだ。

真っ白な、半月状の肉が、何の布地に守られることもなく、まくり上げられたTシャツの裾から覗いているのだ。

僕は一瞬、呆然《ぼうぜん》としてしまった。

そもそもからして、女子の下乳を実際に見ること自体初めてだったし――まさか東頭がノーブラだなんて、今この瞬間まで考えもしなかったのだ！

「んっ……！」

東頭はGカップの乳房に引っかかったTシャツに、一瞬だけ苦戦した。

その一瞬の苦戦が、明暗を分けた。

「おい！」

致命的な部分が見えてしまう寸前に、僕が声を上げることができたのだ。

東頭はTシャツを脱ごうとしていた手をぴたりと止め、訝《いぶか》しげに僕のほうを見た。

下乳を晒した格好のまま、数秒間、不思議そうに僕を見つめていた。

それから、

「……あっ」

疑問が氷解した顔になって、Tシャツの裾をお腹の下に戻す。

東頭は裾を掴《つか》んだまま、しばらくの間沈黙して、

「………びっくりしたあ………」

「こっちの台詞《せりふ》だ！」

全力で突っ込むと、東頭は「うぇへへぇ」と照れ笑いをした。

「完全に寝惚《ねぼ》けてました。自分の部屋に男子がいるっていう状態がわからなすぎて……」

「めちゃくちゃ嫌な汗かいたぞ、今の一瞬で……」

「ご迷惑おかけしましたー」

　東頭はベッドにぺたんと座ったまま、ぺこりと頭を下げる。

……その際に、シャツの襟がだるんと垂れ下がり、やはり何も着けていない二つの白い膨らみが、否応《いやおう》なしに覗けてしまった。すぐに目を逸らしたが——白い、だけだったよな？　ピンクのものは、見えてなかったよな……？

　す……隙がありすぎる。

　こいつは元から隙だらけだが、自分の部屋だとさらに顕著だ。僕のことを信頼しているとか、もはやそういう次元をぶっちぎっている。自室に他人がいるときにどう振る舞うべきかというアルゴリズムが、これっぽっちも構築されていない。

「いくら何でも油断しすぎだぞ。部屋も全然片付けてないし……」

「いやー、寝る前にやるつもりだったんですけどねえ。……あ、やば。昨日着けてたやつ片付けてない」

「……昨日着けてたやつってのは、今、僕のすぐ横に転がってる、これか」

「いやあ〜……お恥ずかしい……」

「本当にな！」

　僕はブラジャーの端っこを摘《つ》まみ、勢いに任せて東頭に投げつけた。

　東頭は顔面に当たったそれを広げ、自分の胸に当ててみせる。

「どうですか？　結構セクシーなの着けてるでしょ〜」

「話聞いてたのか君は！」

「これでも結構恥じらってるんですよ。だから冗談で誤魔化《ごまか》してるんじゃないですか。察してください」

……わかるか。だったら多少は赤くなるなりしろ。

東頭はブラジャーをタオルケットの中に突っ込んで隠した。

「そもそも、なんで下着着けてないんだ……」

「さっきまで寝てたからに決まってるじゃないですか」

「寝てる間は外すもんなのか……？」

「ナイトブラっていうのを着けるんですよ。ほらこれ」

ベッドに放ってあった黒い布地を広げ、僕に見せる東頭。そっちは何だか丈の短いキャミソールみたいな感じで、センシティブさはあまり感じない。

「これ着けないと形が崩れちゃうらしいです」

「君もそういうの気を遣ってるんだな」

「いえ、ちゃんとしないとお母さんに殺されるので……。せっかく美巨乳に産んでやったのにって」

殺されたら美乳も巨乳もないと思うが。

「だったらなんでそれを着けてないんだ」

「いつも起きたら無意識に脱いでるので」

「そうか……」

まあ、ブラの拘束感は男にはわからんから、何ともコメントできないが……。

東頭はナイトブラとやらをぺいっと放り捨てると、自分の胸を見下ろして「ん～」と首を傾げた。

「ブラ……着けないとダメですかね……」

「ダメだろ」

「水斗君的にはノーブラのほうが嬉《うれ》しかったり……」

「しない」

「本当です？」

東頭はおもむろに両腕でシャツの上からお腹《なか》を押さえ、胸のラインがわかるようにした。

そして、上半身を上下に揺する。

「たゆんたゆーん♪」

「やめろ馬鹿！」

ギッ、ギッ、とベッドのスプリングを軋《きし》ませながら、東頭の膨らみが柔らかに揺れる。

ブラの支えがないだけで変わるもので、その揺れ方から重さや柔らかさまで伝わってくるようだった。

仕方なく目を逸《そ》らす僕を見て、東頭がにや〜っと意地悪く笑うのが視界の端に見えた。

「どうしたんですかぁ〜？　わたしをフッた水斗くぅ〜ん？　フッた女のおっぱいがそんなに気になりますかぁ〜？」

「イキりにイキりやがって……！　僕の紳士さに少しは感謝しろ！」

「えへへ〜。照れる水斗君可愛《かわい》いです〜！　どれどれ、もっと近《ち》こう寄れ！」

「自分から寄ってくるな！」

東頭がベッドを降りてにじり寄ってきたので、後ずさりして逃げる。

その反応が悪かったのか、東頭は悪ノリをエスカレートさせ、胸を両手で持ち上げてみせた。

ずしりと、その重みで指がシャツに食い込む。

「柔らかいですよ〜？　水斗君なら触ってもいいですけど〜？」

こいつ、調子に乗りすぎだ……！

少し灸《きゆう》を据えてやろうと、僕は少し声を低くした。

「……、本当か？」

「え？」

「触っても、いいんだな？」

「えっ……」

東頭の目を見据える。すると東頭は、明らかに瞬《まばた》きの回数を増やした。

「いや、あの、そのう……」

「いいんだな？」

ずり、と逆に距離を詰めてみる。と、東頭は同じだけ後ずさった。

「い……いい、というか……わたし的には本望というか……でも心の準備というか……いきなりは気持ちがついてこないというか……い、今のはちょっと楽しくなっちゃっただけで——あっ⁉」

全力で目を泳がせながら言い訳を連ねていた東頭は、不意に大きな声を上げて、身体《からだ》を隠すように蹲《うずくま》った。

「どうした？」

「い……いえ、あの……ですね。まあ、気付いてないならいい……んですけど……」

もごもごとわけのわからないことを呟《つぶや》いたかと思うと、東頭はようやく顔を上げる。

その顔は、心持ち赤くなっているように見えた。

「乳首……浮いてました」

冗談めかして言い、東頭はにへらと笑った。

僕は硬直した。

「えへ……えへへ。ちょーっと、興奮しすぎましたかねー？　——あ痛《い》たっ！」

僕は無言で、東頭の頭をはたいた。

越えちゃいけないラインを考えろ、女友達。

「……、は？」

東頭に着替えさせるため、僕はいったん部屋の外に出た。

まったく……親しき中にも礼儀ありという言葉を知らないのか、あいつは。相手が恋愛対象じゃないにしても、最低限の身嗜《みだしな》みは整えるだろ、普通。

……まあ、そういう意味で言うと、さっき迫るふりをしてみせたのは、ちょっとやりすぎたかもしれないが——もちろん本気じゃないと説明はしておいた。

壁に背中を預け、天井を見上げる。他人の家の廊下に棒立ちというのは、何とも落ち着かない気分だな。家族もこれから帰ってくるって話だし——いや、今日は家族いないって言われるほうが問題だな、この場合。

「——ただいまー」

扉が開く音と共にそんな声が聞こえ、僕は内心ドキリとした。

すぐ横にある玄関から、誰かが入ってきた——いや、帰ってきたのだ。

それがどこの誰なのかなんて、今更考えるまでもない。

「いさなぁー、起きてっかー？　――お？」

その女性は、廊下に立つ僕を見て眉を上げた。

スレンダーで背の高い、宝塚にでもいそうな威風堂々とした女性だった。

すらりとしたパンツルックで、背筋もスッと伸びている。腕も足もほっそりしているし、話に聞いたような乱暴さは見受けられないが、男みたいなショートヘアからは性格の一端が感じられた。

由仁《ゆに》さんも若く見えるが、この人はもっと若いな――東頭の姉だと言われても普通に信じられる。が、東頭に兄弟姉妹がいるという話は聞いたことがない。

「……お邪魔してます」

女性――おそらくは東頭の母親に、僕はとりあえず会釈しておいた。

東頭母（仮）は「んん？」と眉間にしわを寄せ、ずずいと顔を寄せてきた。僕は少し仰《の》け反《ぞ》る。

「お前……もしかして、『水斗君』か？」

「は……はい。伊理戸水斗です」

初対面の人間に『お前』て。

言い知れようのない圧に押されつつ、怪訝《けげん》げな目を見返す。この人、身長が僕と同じくらいあるな。

東頭母（仮）は首を傾《かし》げ、

「いや、おかしいな……。あのいさなのダチが、初対面の相手にきちんと名乗れるような礼儀を持っているはずがねえ」

どういう偏見だ。

「いさなからは、『水斗君』は無愛想で意地の悪いぼっち野郎だって聞いてるぜ。てめーみてえなシュッとした優イケメンじゃあねえ」

「おい東頭ぁ！　どんな風評流してくれてるんだ！」

「ひょおわわっ⁉」

扉の中からどたばたと慌てた音がした。

それから数秒して扉が開き、東頭が顔を出す。依然として寝間着のTシャツのままだったが、だるだるの襟ぐりからブラ紐《ひも》が覗《のぞ》いていたので、下着は着けたようだ。良かった。いや良くない。見えてるんだよ。

「なんですかいきな――あ、お母さん」

「いさな」

東頭母（確定）は細めた目で娘を見下ろし、

「『おかえりなさい』はどうした？」

「おかえりなさい、お母さん！」

東頭は急にピシリと手を挙げ、宣誓するように言った。「よし」と東頭母が肯《うなず》く。なんだこれ。軍隊？

東頭母は、ピッと親指で僕を指す。

「いさな。ひとつ訊《き》くが、コイツは誰だ？」

「え？　水斗君ですけど」

「コイツが？　本当に？」

「本当ですよう。顔がすごく可愛いって言ったじゃないですか」

誰にでも敬語だとは聞いたが、親相手にもそうなんだな。何とも不思議な感じだ。

「ふう〜ん……」

東頭母は値踏みするような目で僕を――あー、もう面倒臭いな。

「すみません。ひとつ訊かせてもらってもいいですか？」

「なんだ？」

「名前を聞きたいんですが」

「アタシのか？」

「はい。このままだと『おばさん』と呼ぶことになるので」

この人に『おばさん』はちょっと違うよな、と思って、他意なくそう言うと、東頭母は愉快げににやりと笑った。

「へぇ。おもしれー男」

なんか少女漫画みたいなこと言われた。

「アタシの名前はナギにトラと書く。どんな漢字かわかるか？」

「ナギにトラ……海の凪《なぎ》に動物の虎ですか？」

「読み方は？」

凪虎と書いて――そのまま『なぎとら』と読むのは女性っぽくないから、

「……なとら、ですかね」

「正解」

答えた瞬間、東頭母――凪虎《なとら》さんはニカッと笑って、僕の肩をバシバシと叩《たた》いた。

「いやー、ははは!! 疑って悪かったな水斗クン！　イメージと全然違ったからよ!!」

「はあ……別に気にしてませんが」

「ずいぶんと頭の回転が速《は》えーじゃねえか！　アタシの名前を一発で読めたのはお前で五人目くらいだ！」

曖昧だし結構いる。確かにちょっと変わった名前だが、いわゆるキラキラネームに比べれば全然マシだ。ちなみにナギが海の凪だと思ったのは、娘のほうが海に関連する名前だからである（『いさな』は鯨の古名）。

「それに、ガキのくせに一端に気を遣いやがる！　アタシはお前を気に入ったぜ、水斗クン！　いさなにゃ勿体《もったい》ねえ男だ！」

「それはどうも」

とりあえず肩をバシバシ叩くのをやめてほしい。

「良かったですねー、水斗君。気に入られなかったらボコボコにされてたかもですよ」

「え？」

「人様んちの子に人聞きの悪いこと言ってんじゃねーよ、いさな。ちょっとしばいて表に蹴り飛ばすだけだ」

それはボコボコにするのと何か違うのか？

「……っつーか、いさなお前、なんだその格好。それが客を迎える姿か？」

「えー？　いいじゃないですか、外出ないんですから」

Tシャツにショートパンツの東頭は、不服そうに唇を尖《とが》らせる。

そうだ、言ってやってくれ母親。こいつに一般常識を教えてやってくれ。

「うーん……」

凪虎さんは腕を組んで娘の格好を検分し、

「……いや、逆にアリだな。今日はそのままでいろ」

「わーい」

は？　何がアリ？　だるだるの襟が肩までズレてブラ紐が丸出しになってる格好の何が？

僕の疑問には答えることなく、凪虎さんはすたすたと廊下を歩き始める。

「いさな、お前何も食ってないだろ。遅いが昼メシだ。水斗クンは家で食ってきただろうからおやつを食え」

「あ、はい。お構いなく」

「はッ。無理な相談だな。娘が連れてきた初めてのダチだ、構うに決まってんだろ？」

にやりとワイルドに笑う凪虎さん。女だったら惚《ほ》れてるかもしれないくらいの格好良さだが、この人、何を言うにもほとんど命令形だな……。

東頭ともども凪虎さんについていき、廊下を曲がった先の部屋に移動する。

広々としたリビングダイニングだった。奥に広いベランダがあり、洗濯物が無防備に干されている。

「いさな、今日のお前の昼メシは親子丼だ。大人しく座って待ってろ」

「了解でーす」

凪虎さんがキッチンに入っていき、東頭はてこてことリビングのソファーに向かう。東頭がぼふっとソファーに腰を下ろし、僕を見ながらバンバンと隣の座面を叩くので、僕もそこに座った。

東頭は僕の顔を覗き込むようにして、

「挨拶は大成功ですね」

「みたいだな。……ま、嫌われるよりはよかったよ」

「これからはいつでもウチに来ていいですからね！」

「君がちゃんとした格好をするなら考える」

僕は東頭の顔を見ずに言う。今、東頭の顔を見ようとすると、Tシャツの襟から胸元が覗けてしまう。

東頭は「えー？　着替えるのめんどくさいです……」と不服そうに言った。まあ気持ちはわからんでもないが、最低限の恥じらいは持っていてほしいものだ。人として。

それにしても、娘のこのあられもない格好を容認するとは、一体どういう教育方針なんだ。東頭の世間知らずは家庭環境によるところ大と見た。

それから、月末の新刊について軽く話していると、キッチンから凪虎さんが出てきた。

「ほらよ。食え」

東頭の前に、親子丼がボンと置かれる。意外と言うべきか、ふわとろでお店のような出来だった。東頭はいただきますも言わずに、どんぶりを摑《つか》んでわしゃわしゃと食べ始める。

なんだか本当に犬がエサを食べているみたいだった。

「こっちはお前の。適当に摘まめ」

と言いながら、凪虎さんは木皿をテーブルの真ん中に置く。クッキーだった。

東頭は唇にご飯粒をつけながら、

「あ、それ、昨日作ってたやつ」

「焼きたてじゃなくて悪《わ》りぃな。でもまあ、充分うめーだろ、たぶん」

「自分で作ったんですか？」

「趣味さ。楽しみのない人生は張り合いがない」

このキャラクターでお菓子作りが趣味なのか……。意外だけど、言いように屈託がなさすぎてそれもまた格好良く見える。この周りのイメージに左右されずに堂々としているところは、娘の東頭と相通じるものを感じた。

失礼してクッキーを賞味していると（旨《うま》い）、凪虎さんはどっかりと僕の対面に腰を下ろした。

「よう、水斗クン。改めて、ウチの娘が世話んなってるな」

「そうですね」

「あれ？　水斗君、そこは『こちらこそお世話になっております』では……？」

「こちらこそお世話しております」

「あれあれ⁉　違いますよ？　受動態じゃないですよ⁉」

「はっは！　手ぇ焼かせてるみてえだなあ。ありがてえ限りだぜ」

凪虎さんは悠然と脚を組み、クッキーをバキリと嚙《か》み折った。煎餅みたいな食い方だな。

「いさなは昔っから協調性っつーモンがゼロでな。ま、どこにでもいるようなモブに成り下がるよりかは上等だが、ダチの一人もできねーことには心配ってヤツをしていたのさ。嬉《うれ》しかったぜ？　いさながニコニコしてお前の話をしてきたときはよ」

「に、ニコニコなんかしてませんよう……」

「してたじゃねーか。……ああいや、ニコニコじゃなくてニヤニヤだったか？　気っ色悪かったなあ、あんときは！」

「ひどいです！　虐待です！」

ハハハと凪虎さんは豪快に笑う。親子仲はいいみたいだな。

「アタシの知る限り、この空気の読めねー娘の相手をこんなにしてくれてんのは、水斗クン、お前だけだ。よほど波長が合うんだろうなあ。そこんとこどうなんだ？　え？」

「……そうですね。僕も、東頭ほど気の合う奴《やつ》は初めてですよ。僕も僕で、友達なんか作ったためしがないもので」

「へえ？」

「ちょ、ちょっと水斗君……さすがに照れるんですけどぉ……」

東頭が「う〜」と唸《うな》る。別に、ただの事実だし、恥ずかしがるほどのことでもない。

凪虎さんは「はっは！」と機嫌良く笑うと、パシッと自分の膝を叩いた。

「よし！　結婚しろ、お前ら！」

一瞬頭がついていかなかった。

「……は？」「うぇ？」

僕も東頭も、しばし呆然《ぼうぜん》とする。

凪虎さんは一人ニヤニヤしながら、

「聞けば水斗クン、学年トップの優等生らしいじゃねーか。あの進学校で、大したモンだ。いさなにはもう二度と、お前ほどの優良物件と縁ができることはねえだろう。っつーことで、もらってくれ」

「いや……あの？」

「驚くこたぁねえだろう？　子を想《おも》う親として当然の申し出さ。人を見る目には自信があってな、お前なら娘を幸せにできると、アタシは確信した。いさなと結婚しろ。すぐにしろ。十八歳になったらな」

ものすごい圧に仰《の》け反《ぞ》りつつも、もしかして、と僕は思った。

隣の東頭にこそっと話しかける。

「（おい、東頭。もしかして……話してないのか？）」

東頭が僕に告白して、僕がそれを断ったこと。

もしかして凪虎さんは、知らないんじゃないのか？

東頭は縮こまりながら、

「(は、話せるわけないじゃないですか……)」

「(なんで)」

「(そ、そんなこと言ったら……水斗君が、ぶっ殺されるかも、と思って……)」

僕は口を噤《つぐ》んだ。

それから、凪虎さんのまっすぐにこちらを射抜く、鋭い目つきを見た。

嫌な汗が滲《にじ》んでくる。

ありうる。

凪虎さんがどれほど暴力的なのか、僕は目にしていないが……そのプレッシャーが語っている。『娘を悲しませたら殺す』と物語っている。

雑な扱いをしているように見えて……親バカなのだ、この人は。

言えない。

言ったら死ぬ。

もうフりました、なんて……この状況で。

「ん？　どうだ？　悪い話じゃあねえだろう。お前もいさなのことを憎からず思ってんならな」

「いえ、あの……それは、友人としての話なんですが」

「別にいいじゃあねーか。ダチと結婚して何が悪い？　そりゃまあ手は焼くかもしれねーが、心配すんな。身体《からだ》だけは最高に仕上げておいた」

ビッと親指を立てる凪虎さん。「えへへ」と照れる東頭。照れるな。最低なこと言われたんだ、今のは。

ダチと結婚して何が悪い、ね……。

そりゃあ僕だって、百歩譲ってルームシェアならアリかもしれないと思うが……。

「ふん」

鼻を鳴らして、凪虎さんはバリボリとクッキーを食べる。

「お前は、アレだな。恋愛なんて面倒なことしたくねえってツラだな」

「……ええ、そうですね。正直に言えば」

「はあ～……」

凪虎さんは深々と溜《た》め息《いき》をつく。落胆されようが、それが僕の正直な気持ちだ。下手に誤魔化《ごまか》したほうが、きっとこの人は怒るだろう。

「まったくわかってねえなあ。これだからガキは――そういう奴ほど結婚すべきなのさ」

「え？」

「いいか、水斗クン？　既婚者ってのは、恋愛っつーめんどくせえ世界から足を洗った人間の称号なんだよ」

予想の外から来た言葉に、僕はかすかに息を詰めた。

「左手の薬指に指輪をしときゃあコナかけてくる奴はいなくなるし、田舎の親に『彼氏いないの？』『結婚はいつ？』なんてぐちぐち言われる心配もなくなる。楽だぜー？　既婚者はよ。人類すべてが恋愛すべきだと思ってる、救いようのねえ恋愛脳どもの相手をしなくて済むんだからよ」

凪虎さんはハッハと小気味良さそうに笑う。

「恋愛結婚を否定はしねーが、アタシに言わせりゃ博打《ばくち》だね。好きになった相手と生活の呼吸が合うとは限らねーんだから。周り見てみろ。中学で付き合ってた連中は高校に入ったら別れてるし、高校で付き合ってた連中は大学に入ったら別れてる。その程度の感情で、一生一緒にいられる相手を見定められるわけねーじゃねーか——結婚するなら、好きな奴より気の合う奴を選べ。先達からのアドバイスだ」

「お母さんはお父さんとずっと仲良しですもんね」

「ああ。今でも一緒にモンハンやるぜ」

「でもお父さん、いつもしばかれてる気がしますけど」

「そりゃアイツが大タル爆弾を持ってき忘れるのが悪い」

がっはっは！　と凪虎さんは海賊みたいに笑った。

中学で付き合ってた連中は高校に入ったら別れてる、か……。

けだし至言だ。恋愛なんて一時の気の迷いで、人生のパートナーを決めるべきじゃない。

そして結婚さえしてしまえば、気を迷わされる心配もなくなるのだ……。

理屈は、通っていた。

東頭と恋人にはなれなくても、夫婦としてなら、気楽にやっていけるかもしれない——

それはきっと、否定できざる事実だった。

「まあ……さっきはすぐにっつったが、ゆっくり考えろや。高校生なんざ、まだ下半身でしか物を考えられねー時期だしな」

高校生を下等生物だと思ってるのかこの人は。

「おい、いさな」

「はいー？」

東頭の親子丼は空になっていた。唇についたご飯粒をぺろりと舐《な》め取っている。

凪虎さんはそんな東頭を見ながら、僕のほうを指差す。

「お前、いっちょコイツを籠絡してこい」

「えっ？　できたらやってますけど」

「んだとォ？　てめー、何のためにそんなデカ乳に産んでやったと思ってんだ。使え」

「お母さんは水斗君の鉄壁ぶりを知らないからそんなことが言えるんですよう」

「我慢してるに決まってんだろ馬鹿」

「ええ～？」

「向こうの家では他に人いんだろ？　アタシはしばらく外出ててやっからよ。ビビって何もできなかったりしたらブッ殺すからな」

「うええ～」

東頭はうんざりと呻《うめ》いた。

感覚がおかしくなってきたが、本人を目の前にしてなんて会話をしてるんだ、この親子は。常識の違う異世界に転生した気分である。

凪虎さんはソファーから立ち上がり、

「んじゃ、ゆっくりしてけや、水斗クン。ここ、壁厚いから多少声出しても平気だぜ」

「……お構いなく」

「何度も言わせんな。構うに決まってんだろ？」

にやりと笑って、凪虎さんは本当に出ていった。

後に残された僕たちは、しばらくの間、クッキーを食べて過ごした。隣の東頭は気を遣ってくれているのか、いつものように膝枕にしてきたりはしなかった。

「……あー、水斗君」

東頭は言葉に迷うように、おずおずと言う。

「お母さんの言ったこと、真面目に聞かなくても大丈夫ですよ？」

「わかってるよ」

「何かにつけ判断の早い人なので。すぐにああしろこうしろって言うんです」

「うん」

「……あの、……部屋、戻ります？」

隣を見ると、東頭が上目遣いで、僕の顔色を窺《うかが》っていた。

視界の下端に、Tシャツの白と胸元の肌色の他に、水色の布が見えたような気がした。

「……そうだな」

――我慢してるに決まってんだろ馬鹿

そりゃあ、そうだよ。

僕が君をフッたのは、君に魅力を感じなかったからじゃないんだ。

あのときのことを、思い出しておくべきだろう。

東頭が告白し、僕がそれを断った、あのときのことを。

――ごめん、東頭――僕は、君を彼女にはできない

僕の答えを聞いた東頭は、しばらくの間、黙ってその場に突っ立っていた。

声をかけることも、立ち去ることもできなかった。ただ、その姿を見守っていることだ

けが、僕がすべきことのすべてだと思った。

実は、心のどこかで覚悟していたのだ。

僕と東頭は、いつまでも友達ではいられないかもしれない。

かつての、中学の頃の綾井《あやい》と同じように、それ以上の何かになろうとしてしまうのかもしれない。

そうなったとき、……僕はきっと、東頭に嫌われることを選んでしまうだろう。

彼女に好かれたことを、確かに嬉《うれ》しく思いながらも、……まだ、その席は、誰にも譲れなかったから。

それは、紛れもない取捨選択だ。

僕の中に居座っているそいつを泣かせないために、東頭を泣かせる——そういう選択。

たとえ自己嫌悪に塗《まみ》れることになっても、それが、僕が僕に許すことができる、唯一の選択肢だったのだ——

けれど。

東頭は……泣かなかった。

しばらくの間、ぼうっとその場で俯《うつむ》いて——そして、顔を上げたそのときには。

にへらと、気の抜けたような笑みを浮かべていたのだ。

——聞いてくれて、ありがとうございます。……帰りましょう、水斗君いつものように。

昨日までとまるで同じように言う東頭に、僕はしばし唖然《あぜん》とした。

——大、丈夫……なのか？

僕の愚かな質問に、東頭は誤魔化すように微笑《ほほえ》んだ。

自分を守るように、左手で右の肘を摑《つか》んで、

——大丈夫じゃ、ないので……一人になるのが、少し怖いんです
僕はそのとき、東頭いさなが傷付いているのを初めて見た。

もし彼女を傷付けたのが他の誰かだったなら、僕は決して許しはしなかっただろう。いかなる手を用いてでもそいつを罰し、愚行を後悔させたに違いない。

だから、同じように。

それをしたのが自分なのだと思ったとき、僕は罰されなければならないと思った。

東頭をフッた責任を、取らなければならないと思った。

だから、告白して、フラれて、その直後に一緒に帰ろうなんておかしな話も、受け入れる以外にはなかったのだ。

僕はその日、東頭と一緒に校門を出た。

いつものように本屋に寄って、あの新作が欲しいとか、あのシリーズが気になってるとか、変わり映えのない話をした。

きっとそれが、彼女にとって一番の慰めになると思ったから。

そして、別れ際に、東頭は言ったのだ。

――じゃあ……今日は本当に、ありがとうございました
そのときだ。

そのときに、初めて……東頭の声が、震えたのだ。

かすかだ。かすかな震えだ。

それでも、充分だったのだ。

東頭が、僕と通学路を歩きながら、ライトノベルを物色しながら、どんなに必死に、自分の心を慰め、僕との関係を繋《つな》ぎ留めようとしていたか――それを伝えるには、充分だったのだ。

性格なのかもしれない。

性質なのかもしれない。

人と付き合うことがなくて、表情筋が弱いから。たったそれだけの理由で、表に出なかっただけなのかもしれない。

でも――強いじゃないか。

些細《ささい》なことで不貞腐《ふてくさ》れた僕とは違う。好きな人との日々を取り戻したいと願いながら、なのに努力もしなかった僕とは全然違う。

その弱々しい姿が、けれど僕には、輝いてみえた。

万難を排して守るべき、尊いものに見えた。

だから——東頭が、背中を見せる前に。

とぼとぼと、寂しい帰路に就く前に。

僕は、その腕を摑んだのだ。

——えっ？

東頭は驚いて、僕の顔を見上げた。

零《こぼ》れなかった涙は瞳の中に留《とど》まって、その輝きをかすかに揺らしていた。

それを溢《あふ》れさせないために、僕は告げた。

——……友達で、何が悪い
——恋人なんて、何年かしたらどうせ別れる。大学生にでもなったら、連絡のひとつも取ってないかもしれない。それに比べたら——

——友達のほうが、ずっといいじゃないか
詭弁《きべん》だったかもしれない。

恋人を誇張して貶《おとし》めて、友達を誇張して持ち上げただけの、愚にもつかない口八丁だったかもしれない。

それでも、探さなければならなかったのだ。

東頭が、泣かなくてもいい理由を。

——僕は、君にキスはしないけど、……肩を抱いてやることはできる
——化粧を忘れても、服が可愛《かわい》くなくても、別に怒りやしない。君がそばにいることに、何の資格も努力も求めない
——だから……

言葉は最後まで続かなかった。

その前に、東頭が俯いて、僕の制服の胸をぎゅっと摑んだからだ。

——やめて、くださいよぉ……

——そんなこと言われたら……もっと、好きになっちゃいますよお……！

僕は、拒絶も肯定もしなかった。

それを自分に許すかどうかは、東頭本人が決めるべきことだった。

ただ、ひとつだけ約束をした。

——僕は、君の知る僕のままでいるから
告白されたからって、変わりやしない。

フッたからって、変わりやしない。

君の強さに相応《ふさわ》しく在るための、それがたったひとつの方法だから。

数秒後……ずびりと洟《はな》をすする音が聞こえたと思うと、東頭は顔を上げていた。

その顔は、さっきまでの様子が夢だったかのように、けろりとした笑顔だった。

――じゃあ、そういう感じで、これからもよろしくお願いしますっ！

いや、うん。

さしもの僕も、その恐るべき切り替えの早さには慄《おのの》いたんだけど。

実は無理をしているんじゃないかって、少し疑ったんだけど。

機嫌よく手を振って、すたすたと帰っていく背中を見て、これが東頭いさななんだと理解した。

彼女の背中を見送る僕は、きっと目を細めていただろう。

眩《まぶ》しいものを見るように。

ああ、そうだ。誤魔化《ごまか》したりなんかしないさ。

だって、これは一時の気の迷いなんかじゃない。

――僕は、東頭いさなを信じている。

これは恋愛ではなく、信仰だ。

東頭の自室に戻ってきた僕たちは、どちらともなく間合いを取った。

東頭はベッドに座り、僕は所在なく勉強机のそばに立つ。

ギシ、とベッドを軋《きし》ませながら、東頭はあからさまに目を泳がせて、前髪をちりちりといじる。真面目に聞かなくていいと言ったのは自分なのに、見事にテンパっていた。

「東頭」

「ひゃっ、ひゃいっ⁉」

呼びかけただけでビクンと跳ねて、あわあわと手を泳がせる。

面白いので、ちょっとからかってみよう。

「何もしないのか？」

「え？　……あ。や、やっぱり脱いだほうがいいですか⁉」

「手札少なすぎるだろ」

籠絡するにしても、最後に切るカードだ、それは。

あう～、と唸《うな》りながら、東頭はぽてっと横倒しになる。

「わたしには無理ですよぉ……。それができなかったからフラれたんですよぉ……」

「気にするな。君じゃなくても無理だ」

「確かに。水斗君を部屋に連れ込んでる時点で大金星な説あります」

まったくもって。たとえ恋人でも、風邪をひかなければできなかったことだ。

東頭の緊張が解けたところで、僕は何気なく勉強机を眺めた。他人の部屋を無遠慮に眺め回すのはあまり良くないんだろうが、東頭はいつも僕の部屋を隅々まで見て回っているからおあいこだろう。

東頭のデスクには、タブレットPCがひとつと、何冊ものライトノベル、埃《ほこり》の被《かぶ》ったヘッドセット等が散らばっていた。まったく勉強している気配がないな。宿題ちゃんとしてるのか、こいつ？

「……ん？」

その中に一枚、ルーズリーフが埋もれているのが見えた。

これが勉強用ノートか？　その割には文字が何も……。

気になって上に載っていたラノベをどけると、東頭が「あっ！」と声を上げた。

「ちょっ、水斗くっ……それはっ……！」

残念ながら、遅かった。

そのルーズリーフに描かれているものを、僕はもう見てしまった。

そう――描かれているもの。

それはイラストだった。

さっきルーズリーフの上に載っていたライトノベルのヒロインを描いたものらしい。

「ふうん……なるほどな」

「あぎゃーっ！　見ないで見ないで見ないで！」

「そんなに焦るなよ。君がイラストだの小説だの書いていることくらい予想のうちだ」

「えっ⁉　タブレットの中、見たんですか……？」

「小説はタブレットの中か」

「あうっ！　墓穴～……‼」

東頭は枕に顔を押しつけて悶絶《もんぜつ》した。

その隙に僕はルーズリーフを引っ張り出し、イラストをしっかり検分する。

「トレースじゃないな……。自分で構図考えてるなら結構上手《うま》いんじゃないのか？」

「そんなことないですよぉ……。何度描き直しても、腕とか脚とか顔とか全部変で……」

「ふうん。素人目にはよくわからないけどな」

少なくとも、美術の授業でクラスの注目を集められる程度の画力はあると思うが。

東頭はベッドの上でうねうねしながら、

「全然違いますよぉ～！　ＳＮＳの神絵師みたいに描けないんですよぉ～！」

「神絵師になりたいのか？」

「そりゃそうですよ！」

がばっと身を起こしたと思うと、東頭は据わった目でこっちを見た。

「いいですか、水斗君――絵が上手くないと、エッチいのが描けないんですよ」

「お……おう」

「下手な絵じゃエッチくないんですよ！　人体が絡み合ってる絵は画力が高くないと描け

ないんですよ！」

この未成年女、堂々と法を犯そうとしているな。

「なんでそんなにエロい絵が描きたいんだよ……」

「だって、好きなヒロインの乳首が見たいじゃないですか！　ラノベはファンアートが少ないから自分で描くしかないんです！」

思春期の性欲に対してこれほど正直な女もなかなかいない。

「ま、原動力としては馬鹿にできないか。僕は素人だから、アドバイスできることは何もないが、せっかくここまで上手くなったんだから頑張れよ」

「え〜。でも、上手くなるにはデッサンとか練習しなきゃいけないじゃないですかー」

「何事も基本は大事だっていうからな」

「リンゴとか描くのつまんなくないですか？　眺めてるだけで飽きちゃいますよ」

「別に練習するときは絶対リンゴ描かなきゃいけないってルールがあるわけでもないだろ。飽きないもの、好きなものを描けばいいんじゃないか？」

「むーん……それじゃあ、水斗君ですね」

「そうだな。……ん？」

当たり前のように言われたので、一瞬反応が遅れた。

東頭はきょとんと小首を傾《かし》げ、

「好きなものでしょう？　だったら水斗君を描きますよ。協力してくださいー」

「いや……まあ、いいけどさ」

本当に屈託がないというか、躊躇《ためら》いがないというか。……まあいい。東頭のこれにいちいち動揺してたらやっていけない。

東頭はベッドを降りると、デスクの上にあるタブレットPCを取った。アナログじゃなく、デジタルで描くらしい。

「この椅子どうぞー」

デスクから椅子を引き出して僕に勧め、自分はベッドに戻っていく。

僕が椅子に座ると、東頭は三角座りをして、膝にタブレットを置いた。

「それで描けるのか？」

「はい。あんまり動かないでくださいねー」

タッチペンを手に取り、東頭はちらちらとこちらを確認しながら、筆を走らせ始めた。

「人をモデルにするなんて初めてなので、何だか緊張しますね」

「いつも全部想像で描いてるのか。それはそれですごいな」

「いえ、何かを見て描くことはよくありますよ？　人体って絵に描こうとすると意味わかんなくなるので」

「ああ、ネットでモデルになる画像を探すのか」

「そんなことしなくても、自分の身体《からだ》があるじゃないですか」

「え？」

「自分でポーズ取って、自分で写真に撮って、それを見て描いたりはします。……見ますか？」

「……見ない」

「良かったです。無修正ですからね」

何を描こうとしてるんだよ。というか、それなら訊《き》くなよ。

「そこにある姿見も、前はほとんど資料用の自撮りにしか使ってなかったんですよねー。南さんたちの教育を受けてからは、ちょくちょく本来の使い方もしてますけど」

壁際にある姿見で、東頭がどういう格好をしていたのか……ちょっと想像してしまった。部屋の中で一人、あられもない姿で、あられもないポーズをして、スマホを姿見に向けて――

――ああもう、やめろやめろ。よせよせ。

東頭でそういう想像をすると、ひどく罪悪感がある――その気になれば実現できてしまう分、それを選択していない自分を否定している気分になるのかもしれない。

あの告白の答えを今から撤回しても、東頭はきっと、喜んで受け入れてくれるだろう。

仮に、もし、そのときがいつか来るとしても――それは、邪《よこしま》な気持ちでやるべきことじゃない。

「にゅふふ。水斗君の身体……」

……向こうは思いっきり邪な気持ちみたいだが。

「ほんと細っこくて綺麗《きれい》な体型ですよねー。指の細さとか、少女漫画みたいです」

「筋肉がないだけだ。脱いだらガリガリだよ」

「ぬーん……じゃあちょっと盛っておきますね」

「……おい。ちょっと待て。僕は服を着てるよな？」

「服描くの難しいんで」

「おい！」

「大丈夫です大丈夫です！　修正がいるようなものは描きませんから！　……資料を見せてくれるなら別ですけど」

「見せるか！」

「ちぇー」

残念そうに唇を尖《とが》らせる東頭。本気だったなこいつ……。

喋《しゃべ》りながらも、東頭は淀《よど》みなくペンを動かし続けていた。楽しそうだ。僕を人形にして写真を撮っていたときの結女もそうだが、僕の姿の何がそんなに面白いんだか。

「……物好きだよな。どいつもこいつも……」

独りごちると、東頭が顔を上げて、

「これが初恋なので、何が変なのかわかりませんけど」

「だからしれっと言うな。びっくりする」

「そう言う水斗君は、好きな子とか、いたことないんです？」

まさに、友達同士の雑談の調子で、東頭は聞いてきた。顔はすでにタブレットの画面に戻り、ペンの動きも止まっていない。

気にしないのか、なんて馬鹿な質問はしない。東頭いさながそんな狭量な人間でないことを、僕は知っている。

「……いないよ。好きな奴《やつ》なんて」

「えー？　なんで嘘《うそ》つくんですか。覚えてますよ、わたし——わたしが告白したとき、言ってたでしょう。『自分の中に席があって、それを独占している人がいる』って」

「…………………」

「変な言い方だなって思いましたけど、要するに好きな人がいるって意味じゃないんですか？」

あのときの答えが、どこまで正確に東頭に伝わっているか、今まで確認してこなかった。

あるいは東頭は、細かいことを気にしていないんじゃないかって、淡い期待を持っているところがあった。

だけど、まあ……そんなわけがない、か。

「……いいや、いない。好きな奴なんて……今は」

「今は？」

「………そんなに聞きたいか？」

「聞きたいですよ！　地味にずっと気になってましたから！」

「地味かよ。派手に気になれよ。というかその場で訊け」

「それどころじゃなかったんですよ失恋寸前だったんですよこっちは！」

「いや、それは悪かった。ごめん。……まあ、君には誤魔化《ごまか》すべきじゃないよな。先に言っておくけど、怒るなよ？」

「はい？」

小首を傾げる東頭の前で、僕は覚悟を固める。

「中学の頃にさ——僕、彼女がいたんだよ」

今まで、ただの一度も。

自分からは語ったことのない事実を、僕は口にした。

東頭のペンが止まる。

ぎぎぎ、とぎこちなく、顔が上がる。

「……へぁ？」

衛星中継くらいのタイムラグで、東頭は口を開けた。

「か……彼女？」

「ああ」

「恋人？」

「そう」

「水斗君に？」

「そうだ」

東頭はしばらく、ぱくぱくと魚みたいに口を動かし――

「うっ――嘘ですーっ!!」

ずざざっ、とベッドの上で後ずさりし、背中を壁にぶつけた。

「みっ、水斗君みたいなっ、おっ、おたっ、オタクにっ！　か、彼女なんてっ……！　彼女なんてっ……!!」

「告白した奴が言うか」

「……あ。確かに……」

東頭は一気に落ち着いた。

怒ると思ったんだよな。東頭は僕に仲間意識を持っているようだから――僕も自分と同じように、寂しい中学時代を送っていたんだと思っていたに違いない。それを裏切るのが忍びなくて、今まで言っていなかった部分もあったんだが……。

「そうですか……水斗君に、彼女が……なんかショック……」

「『なんか』程度で済んで良かったよ」

「てっきり、ちょっと消しゴム貸してもらったりした女の子がいて、その子のことが未《いま》だに忘れられないとか、そういうキモい話だと思ってました……」

「君、どんな奴に惚《ほ》れてるつもりだったんだよ」

その程度の人間を自分の中の席に座らせてる奴、猛烈にヤバいだろ。

東頭はゆっくりとペンの動きを再開しながら、

「『いた』ってことは……別れちゃったんです？」

「ああ。卒業するときに。……実質的には、その半年前には別れてる状態だったけどな」

「うあー……水斗君からそういう生々しい話聞くの、なんか嫌ですね……」

「本当に嫌ならやめるよ」

「そうですね。やめてください」

そこは『そんなことないですよ』じゃないのかよ。

「ふうん……なるほどー……じゃあ、その元カノさんを理由に、わたしをフッたんですね」

「そ……う、いうことに、なるな」

「要するに、元カノさんのことを未だにずるずる引きずってるんですね」

「うぐっ」

「未練たらたらなんですね〜」

「……ち、ちが……」

「本当に」

一瞬。

東頭の目が、切なげに伏せられたように見えた。

「……好き、だったんですね」

それは明確な、羨みの視線。

誰とも知らないそいつに対して、自分もそんな風になってみたかった、と。

「きっと、水斗君のことですから、彼女さんには優しくて、気が利いて……少女漫画のヒーローみたいに、何でも察してあげて、助けてあげて——」

ペンの動きが、また止まり。

思いを馳《は》せるように、視線を上向けた。

「…………ああ…………」

そして溜《た》め息《いき》をつき、

「…………なんか、キモいです…………」

「おい」

失恋を改めて噛《か》み締める流れじゃないのかよ。

「いや、だって、キモいですよ。女の子に優しいイケメンな水斗君とか。キャラ崩壊です。解釈違いです」

「そりゃ今からしたらそうかもしれないけどな……！」

「ちょっとやってみてくださいよ（笑）」

「トーンがいじめっ子のそれなんだよ！」

やったらぁ！　惚れ直すなよこのアマ！

モデル中だが、ここまで煽《あお》られて黙っていられるか。僕は席を立ち、東頭が座り込むベッドの縁に膝をついた。

タブレットの画面に向いた東頭の顔にそっと手を伸ばし、その前髪を軽く払う。

「……んっ……」

「もっと、よく見せて」

昔を思い出し、優しい声音を作り、東頭に顔を寄せる。

「せっかく、可愛《かわい》いんだからさ。……そんなに、隠さないでくれ」

東頭の目が上がり、僕の瞳を見つめて、揺れた。

そして――

「――ぶふっ！」

勢いよく噴き出し、口元を押さえた。

「あは！　あははは！　あははははははっ!!」

「爆笑するな!!」

お腹《なか》を押さえてベッドの上を転げ回る東頭を、僕はバシッとしばく。

そりゃあ冷静に今見たらギャグみたいだけどなあ！　当時は真面目にこれをやってたんだぞ！　死にたくなってきた！

「ひーっ……ひーっ……あー、おもしろ。もっかいやってくださいよ（笑）」

「やるか!!」

「やっぱり水斗君は、捻《ひね》くれぼっちのほうが合ってますね。でもASMR的なものとしては割とアリでした。エッチなことするときは今の感じでお願いします」

「やるかっ!!」

くふ、と半笑いのまま、東頭はすすっと僕にすり寄ってきた。

肩に手をかけ、耳に口を寄せてくる。

「(……水斗君のほうが、カッコいいよ？)」

「ふぐっ……！」

「あ、合ってました？　なるほど、彼女さんはこんな感じだったんですね。アホみたいな会話です」

「うるさいな！　カップルなんてみんなアホなんだよ！」

「にゅふふ。んー、それじゃあ次はー……」

「もういいだろ！　気色悪い！」

「うきゃーっ！」

東頭を押し剝《は》がし、肩を摑《つか》んだままベッドに押さえつける。

僕が覆《おお》い被《かぶ》さる格好になると、東頭は「ハッ！」とわざとらしく目を見開いた。

「彼女がいたということは……まさか、ご経験が……!?」

「……ないよ。そこまで行かなかったんだよ」

「ああ、なるほどー。だから未練たらたらに……」

「違う！　これだけは言っておくけどな、君をフッたのはまた別の事情が重なってのことで、僕があの女に未練があったからじゃ――」

「あ」

東頭が何かに引っ張られたように、急に横を向いた。

僕も東頭をベッドに押さえつけたまま、釣られて同じ方向を見る。

「…………………」

部屋のドアが、小さく開いていた。

その隙間から、二つの目がひっそりと、ベッドの僕たちを覗《のぞ》いていた。

凪虎さんだった。

「……よくやった、いさな。でも着けるモンは着けろ」

言って、凪虎さんは、ドアの隙間からぽいっと部屋の中に小箱を投げ込んだ。

それは——オブラートに包んで言うと、そうだな……夜のエチケット袋、というか……。

「さすがに妊娠はまだ早《は》えーからな。じゃ、頑張れよ」

凪虎さんはそう言い置いて、ドアを閉める。

言い訳する間もなかった。

「ん——……？」

東頭は不思議そうな顔をして、投げ込まれた小箱を見つめている。……あれ？　こいつ、まさか……。

僕の身体《からだ》の下からするりと抜けると、東頭は床を四《よ》つん這《ば》いで移動し、小箱を拾った。

「なにこれ——……あっ⁉　これって！」

首を傾《かし》げながら小箱を検分すると、東頭は嬉《うれ》しそうにそれを僕に見せつけてきた。

「見てください水斗君！　これ、あれですよ！　アレに着けるやつ！　初めて見ました！

うわー、こういう感じなんですね。うわー……」

「……そうだな」

僕の気まずい返事は聞こえなかったのか、東頭はがさごそと小箱を開封する。僕が止め

る間もなく、いくつか繋《つな》がった四角い袋をピリッとひとつ切り離して、

「水斗君、ほら！　……あむっ。同人誌の表紙ー！」

「やめろ馬鹿!!」

「あ痛《い》たっ！」

全速力で頭を叩《たた》くと、東頭の口から四角い袋がぽろっと落ちた。

今日は何度ラインを越えたら気が済むんだ、こいつは。


「じゃあな。また今度」

「泊まっていけばいいのにー。お母さんもそう言ってますし」

「初めて来た家に泊まれるほど神経太くないよ」

マンションのエントランスまで送りに来てくれた東頭に、僕は言う。

結局あの後、凪虎さんに半ば強引に晩ご飯までご馳走《ちそう》された。そのうえ風呂も入ってけなどと言い出し、この調子だと帰れなくなりそうだなと思って、逃げてきたところだった。

東頭は寝間着にカーディガンを羽織っただけの格好で、軽く二の腕をさすりつつ、

「また来てくださいね」

「そうだな。……できれば今度は、他に誰もいないときに」

「え～、やだ～、えっち～」

「照れ方のイメージが貧困」

東頭は伸ばしたカーディガンの袖を口元に当てて、ぬふふと笑う。

「今度はゲームとかしましょうよ。お母さんがホラーゲーム持ってるんです。水斗君がビビってるとこ見たい」

「僕、そういうの結構強いぞ」

「はてさて、どうでしょう。VRで腕切り落とされても同じことが言えますかね」

「マジか。VRなんて持ってるのか。……正直、ちょっと興味あるな」

「持つべきものはゲーマーの親です。お小遣いじゃあんな高いの買えませんからね～」

ゆらゆらと揺れてワクワク感を表現する東頭に、僕は軽く口角を上げる。

僕が僕である限り、東頭も東頭でいてくれるだろう。

何も変わらない。告白しようと、告白されようと、フろうと、フラれようと、好きだろうと、好きじゃなかろうと。

僕たちは、一時の気の迷いに惑わされたりはしない。

「じゃあ、帰った頃にLINEしますね」

「わかった。気が向いたら返す」

「そんなこと言って～、返信率100％じゃないですかあ～」

「既読スルーしたら君が泣き顔のスタンプ連打するからだろ？」

にへへ、と東頭は笑う。

僕たちはこれでいい。

◆　伊理戸結女　◆

玄関の扉が開く音が聞こえたのは、午後8時を回った頃のことだった。

夕食が終わって以降、リビングでずっとそわそわしていた私は、急ぎ足で廊下に出る。

玄関では、水斗が靴を脱いでいるところだった。

「ちょっと！」

「……ん？　ああ、ただいま」

「おかえり。……じゃなくて！」

「なんだよ」

「こんな時間までどこ行ってたの？　ご飯も食べてくるって言うし、お母さんはニヤニヤして教えてくれないし！」

こんなことは初めてだった。

最初は川波くん辺りとつるんで、ご飯も一緒に食べてるんじゃないかと思ったけど、嫌な予感が拭えなかった。

何せお母さんがニヤニヤしているのだ。意味ありげにニヤニヤニヤニヤしているのだ。

私の焦燥をよそに、水斗はすたすたと廊下を歩いていきながら、

「東頭の家に行ってたんだ」

と、あっさり告げた。

……え？

「東頭がこっちの家に入り浸りだから、ちょっと挨拶させろって、向こうの親がさ。まさかご飯までご馳走されるとは思わなかったけど――あ、そうだ」

私がフリーズしている間に、水斗はすいっと私の横を抜けて、リビングへの戸を開けた。

「由仁さん。父さんでもいいけど」

「あ、水斗くんおかえりー。なぁにー？」

「東頭の親御さんが、一回挨拶に来たいって。都合のいい日教えてくれって」

「あら！　そうねえ、ちょっと待ってね。いつが空《あ》いてたかな――」

スマホでスケジュールを確認し始めたお母さんを見て、私の全身をぶわりと焦りが覆った。

「ちょ、ちょ、ちょ、ちょっと……！」

「ん？」

私が後ろから肩を掴むと、水斗は怪訝《けげん》そうに振り返る。

「な、なに考えてるの……⁉　今のお母さんたちが、東頭さんをなんだと思ってるか忘れたの……⁉」

お母さんたちは、東頭さんのことを水斗の彼女だと思っている。

その誤解が、もし東頭さんの家族にまで広がったら……！

「……あー」

水斗は誤魔化《ごまか》すように目を逸《そ》らした。

「それなんだけどな……」

「え？　何？　何？　聞きたくない！」

「たぶん、もう手遅れ」

水斗のそれは、諦めの口調だった。

どういうこと？　と訊《き》き返すまでもない。

それすなわち、東頭さんの家族にも、すでにそういう関係だと認識されているということ……！

――どうなってるのよ⁉

なんで一緒に暮らしてる私より、東頭さんのほうが外堀埋まってるのーっ⁉

元カップルたちは留守番する「——僕も、男だぞ」

◆南暁月《みなみあかつき》◆

あたしが結女《ゆめ》ちゃんと一緒にファミレスの席に着いてから、すでに三〇分が経過していた。

「実は……」

「ふんふん」

「……ひ、引かない？」

「大丈夫だよー！　遠慮せずに話してみて！」

「そのー……」

「うんうん！」

「……う〜っ、やっぱり恥ずかしい……」

「頑張って、結女ちゃん！」

「ほ、本当に聞きたい……？」

「聞きたい聞きたい！」

あたし、南暁月は結女ちゃんのことが大好きである。

できれば四六時中一緒にいたい。全女子が羨望するそのすらりとしたスタイルを常に視界に入れていたい。結女ちゃんの声を記録したデータを脳内にダウンロードしてヘビロテしたい。

その上で――今、あたしは告白しよう。


めんどくさい。


結女ちゃんから相談があると連絡が来たのが今朝のこと。久しぶりに会えるとウキウキで支度を整え、家を出たのが一時間前。そしてファミレスで結女ちゃんと合流し、「それで、相談って何っ？」とにこやかに問いかけたのが三〇分前。

「どうしよっかな～……」

それから三〇分もの間、ストーリーが原作に追いついたアニメのごとき引き延ばし展開が続いていた。

結女ちゃんが可愛《かわい》いから三〇分間にこやかに笑っていられたけど、結女ちゃんじゃなかったら三回はぶん殴っている。『どうしよっかな～』じゃないんだよ。そっちが呼び出したんでしょうが。人の時間を使っているという自覚がないのかな～？

まあでも、結女ちゃんが躊躇《ためら》う理由もわかるのだ。

実は、結女ちゃんの相談内容について、あたしはほぼほぼ推察できていた――だからこそ、それをはっきりとは聞きたくなくて、引き延ばしを受け入れている面もある。それを思えば、結女ちゃんが軽々には切り出せないのも自然なことではあった。

どうせ恋愛相談なんでしょ、結女ちゃん。

わかるよ。いきなり伊理戸《いりど》くんを下の名前で呼び始めるんだもん。

それに気付いたのは数日前、帰省中の結女ちゃんからＬＩＮＥが来たときのことだ――その頃からあたしは、ゆっくりと覚悟を固めていた。

遅かれ早かれ、こうなると思ってはいたのだ。伊理戸くんを籠絡するのは失敗したし、あたしは結女ちゃんの彼女にはなれないし、東頭《ひがしら》さんは友達関係で超満足しちゃってるし。むしろ時間がかかりすぎてるくらいだ。

けど……けどなあ。そっかあ。あたし、このポジションなんだあ。そっかあ～……。

冷静に相談に乗ってあげられるか不安だった。もういっそ、このまま結女ちゃんが日和《ひよ》って、言い出さないままでいてくれれば――

「――あのね」

そんなあたしの思考を、結女ちゃんの決意の表情が断ち切った。

「実は――」

ついにこのときが来た。

正直、嫉妬で今にも吐きそうだけど、それを表には出すまい。結女ちゃんを取られるのは寂しいしショックだけど、別に友達じゃなくなるわけじゃないし、何より結女ちゃんが泣いているところを見たくはない。

全力で力になろう。

そう決意して、あたしは結女ちゃんの告白を――

「――東頭さんが、水斗《みずと》の彼女になっちゃった」

「…………………」

ん？

んん？？？

頭の中が真っ白になって、ぱちぱちとひたすら瞬《まばた》きを繰り返す。そんなあたしを、結女ちゃんは不思議そうに見つめて、

「え？　……あっ、ごめんなさい。言葉が足りなかった」

わたわたと可愛らしく手を振って、改めて告げた。

「東頭さんが水斗の彼女になったたって、私たちの親戚全員と東頭さんのお母さんに勘違いされちゃったの」

あー、なーんだ。勘違いかあ。親戚全員と、東頭さんのお母さんに？　ふーん。

…………いや、なんで？


「なんてベタな」

東頭いさな大勝利事件について聞かされたあたしは、そのしょうもなさに乾いた笑いを漏らす他になかった。

「何なの、あの子？　なんであたしたちが協力してたときより上手《うま》くいってるの？　物欲センサーなの？」

「私たちがお母さんの誤解を放っておいたのも悪いのよ……。彼女だと思わせておく分には無害だし、説明がめんどくさいからって……。でもまさか、その状態で東頭さんの家に行くなんて……！」

「なにそれ？　伊理戸くん、やっぱり満更でもないんじゃないの？　好きでもない子と付き合ってるなんて思われたら、普通は否定するじゃん」

「……やっぱり、そうかな……」

「あ！　ふ、普通はね⁉　普通は！　伊理戸くんがどうかは知らないけど！」

結女ちゃんがあからさまに落ち込んだので、慌ててフォローを入れる。そんなにわかりやすくするなら、もうはっきり打ち明けてほしいんだけど！

「中身が伴ってないのに外堀ばっかり埋まっていくのは厄介だけどさ、結局は当人たちの気持ちの問題じゃない？　当人たちが気にしてないなら、別に誤解されてたって実害はないだろうし」

「そうなんだけど――……」

「結女ちゃんはどうしたいの？」

結女ちゃんは表情を曇らせて、オレンジジュースのコップを指で撫《な》でる。

「私は……」

「ただ、何かしなくちゃって焦ってる感じで……でも、どこを目指せばいいのか、全然はっきりしなくて……」

「むーん」

難しいなあ。

実害はないと言ったけど、結女ちゃん的には大問題だろう。もし結女ちゃんの想《おも》いが成就したとしても、東頭さんの誤解が残っていると、伊理戸くんは親戚中に『二股をかけた上に身内に手を出した男』って思われちゃうんだから。

だけど結局、誤解を解くには当人たちがその気にならないといけないわけで……。

「……まったく。恨むよ伊理戸くん……」

「え？」

「結女ちゃん、誤解は地道に解くしかないよ。今すぐにどうにかできるってものでもないし、まずは当の二人を——せめて伊理戸くんを、その気にさせないとね」

「『その気』って？」

「誤解されっぱなしだと嫌だなーって思わせること。つまり——」

ピッと、あたしは結女ちゃんの顔を指差した。

「結女ちゃんと同じ気持ちになってもらえばいいの」

「………え？」

結女ちゃんはぱちぱちと瞬きを繰り返し、たっぷり一〇秒くらい停止した。

「私と……おな、じ？」

「うん」

「そ、そ、それって、あの、どういう……？」

あたしはにまーっと笑う。

「それは、結女ちゃんが一番よく知ってるじゃん」

結女ちゃんは見る見る頰を赤くして、テーブルに突っ伏した。

「……ううう～～～っ！」

「そんなに慌てなくてもいいよ。誰にも言わないし」

「な、なんで……？　なんでわかったの……？」

「結女ちゃんがわかりやすいからかなあ」

「嘘《うそ》ぉ～……！」

あーもう、可愛いい～～!!

この結女ちゃんを見せてくれたことに関してだけは、伊理戸くんに感謝してもいい。

「それにしても、田舎で何があったの？　ずいぶんな変わりようだけど」

「そんなに変わった……？」

「見るからに」

「べつに……」

結女ちゃんは起き上がって、長い髪をむやみにくしくしと梳《す》いた。

「大したことはなかったんだけど……」

「そんなことないでしょ～」

「え～、でも、そんな……えっと、あの、他の人には言わないでね？　ここだけの話にしてね？」

あっ、藪蛇《やぶへび》だった。

あたしはすぐに察した。

いかにも不承不承という態度を取っているけど、話したくて仕方がないんだ。誰かに惚《のろ》気《け》たくて仕方がないんだ。そして、あたしは今、結女ちゃんに『惚気話を聞いてくれる唯一の友達』にカテゴライズされたのだ。

痛恨のミスだった。

気付いたときには、すでに話は始まっていた。

「あのね――」

「――でさぁ、あいつ、澄ました顔して心臓バクバクになっててさぁ！　いつもあたしのスタイルいじってくるくせにね！」

「ひゃ～！」

楽しそうに歓声を上げる結女ちゃん。

あー、スッキリした！　あのなんちゃってチャラ男のダサいところを暴露できて！

……あれ？　結女ちゃんの話を聞いてたはずなのに、なんであたしが話してるんだろ？

「他には？　他には？　川波《かわなみ》くんと何かなかったの？」

「え〜？　別に大したことは何にもないよ〜？」

「そんなことないでしょ〜？」

「ん〜、そうだなぁ〜……」

結女ちゃんと二人揃《そろ》ってにやにやしながら記憶を探っていると、不意にハッと我に返る。

「……いやいや、違うでしょ！　思い出話をする場じゃないよね、これ⁉」

「あれ？　そうだっけ？」

「伊理戸くんに誤解を解く気になってもらおうって話だったよね！」

「……あっ。そうだった。楽しすぎてつい……」

確かに楽しかったけど。あたしも友達と恋バナなんてする機会——いや、別にあたしのは恋バナじゃないけど！

「具体的にどうするかって話だよ」

「どうするの……？」

「とりあえず、仲直りすることだよね。結女ちゃん、照れ隠しで酷《ひど》いこと言っちゃったんでしょ？　それから冷たい態度取られてるんだよね？」

「うっ……」

田舎のお祭りでキスしたって聞いたときも死にそうになったけど、その理由を問い詰められて思わず嘘ついたって聞いたときは別の意味で死にそうになった。なんでそんなに不器用なの！　そういうところも可愛《かわい》いけど！　伊理戸くんも伊理戸くんだよ！　なんで察してあげないの！　キスする理由なんて一個しかないでしょ！

「仲直りって言われても……どうすれば……」

「難しく考えなくてもいいんだよ。あたしが思うに、伊理戸くんは意外とチョロい！」

「そうかな～……」

「そうそう。ちょっと絆《ほだ》されたらあっさり水に流してくれるよ。具体的にどうすればいいかは、私より結女ちゃんのほうが詳しいんじゃない？」

「私のほうが？」

「もう何ヶ月も一緒に暮らしてるんだからさあ、距離の縮まったイベントのひとつやふたつあるでしょ？　今までで一番、伊理戸くんとの距離が縮まったのってどういうとき？」

「一番……距離……」

結女ちゃんはあたしの言葉をぶつぶつと繰り返す。

ほんっと、なんでよりによってあたしが相談役なのか。東頭さんの告白をサポートしてた結女ちゃんの気持ちがわかるような気がする。上手くいってほしいような、ほしくないような……。

「……あ」

「おっ。思いついた？」

「……えっと」

結女ちゃんは自信なさげに目を逸《そ》らしながら、

「あの……あのね？　同居が始まったばっかりの頃、初めて二人だけで留守番したことがあって——」

あたしはかろうじて吐血を我慢した。


「ふう～……」

水滴で濡《ぬ》れたお風呂場の天井を見上げて、あたしは息をつく。

結女ちゃん、頑張ってるかな～……。

お湯に口まで沈ませて、ぶくぶくと泡を立てた。どお～してあんなアドバイスしちゃったかな～、あたし。伊理戸くんは、どっちかといえば敵だったはずなのになあ。四月に求婚してたのが懐かしいや。

今、結女ちゃんが伊理戸くんにしているだろうことを思うと、本当にムカムカする。だけど同時に、上手くいってほしいとも思う。一言では表しきれない、複雑な気持ちが胸の中で渦巻いていた。

あたしは……別に、結女ちゃんと恋人になりたいわけじゃない。

たぶん、告白されたら大喜びで付き合う。それは全然ウェルカムなんだけど、そういう感情に先行しているものがあった。

それはたぶん、……羨ましい、と思う気持ち。

家族という存在が――ずっと一緒にいてくれる誰かがいることが、どこか羨ましくて。

それを少しだけ、あたしにも分けてほしくて。それで、伊理戸くんと結婚すればいいじゃん、なんて風に考えてしまったんだ。

当時はまだ、引きずっていた。中学時代の、致命的な失敗を。

それを一刻も早く取り返さなければならないと、そういう気持ちがまったくなかったかといえば、……それは、嘘になるんじゃないかな……。

でも、今は――

「――おおい。いつまで入ってんだ？」

「いま出るって〜！　うるさいなぁ、もう」

こーくんの声に答えながら、あたしはざぱっと湯舟の中で立ち上がる。

少しくらいゆっくりさせてくれてもいーじゃん。そりゃここはあんたの家だけどさあ。

お互い、一人きりの日にお湯を張るのがめんどくさいからって交代ごうたいでお風呂借り合ってるんだから、持ちつ持たれつじゃんか。

まあ、こんな協力も、一ヶ月前にはほとんどなかったことだ――あの勉強合宿以来、あたしたちは、昔の関係に戻りつつあるとも言える、かもしれない。けど、結局、あいつの好意アレルギーは相変わらずのはずだし……。

「ん〜……」

脱衣所で身体《からだ》を拭きながら考えていると、ふと思いついたことがあった。

「あいつ……今は、どこまで大丈夫なのかな？」

◆伊理戸結女◆

脱衣所で身体を拭き終えた私は、身体に巻いたバスタオルの端をしっかりと内側に巻き込ませた。

「……よし」

暁月さんへの相談で思いついたこと。

そろそろ五ヶ月に及ぼうとしている同居生活において、私があの男と最も接近したのはいつだったか。

お祭りでキスしたとき？　否《いや》！

それは、同居生活が始まってすぐの頃——私があの男をちょっとからかってやろうと思い、あえてバスタオル姿のままリビングに出ていったことがあった。あのとき、私たちはどうなったか！

——だ……だめ……ルール……

——今日は、僕の負けでいい
「〜〜〜〜〜〜〜〜〜〜っ!!」

私は鏡の前で顔を覆った。

思い返すだに、とんでもない記憶だった。

だって、もう、五秒前だったもの。もしあのとき、お母さんたちが帰ってこなかったら、
私たち、完全に——まったく、これだから思春期は！　別れて一ヶ月も経《た》ってなかったくせに、すぐ性欲に流されて！

けど、……今回は、その思春期に頼る形になる。

東頭さんとの誤解は、水斗本人に解いてもらうしかない。そのためには、私が水斗を口説き落とすのが最善。そして、男の子を口説き落とすにはどうすればいいか——

無論、色仕掛けである。

シンプルなロジックだった。

事前準備は万全。まるで天が後押ししてくれたかのように、お母さんと峰秋《みねあき》おじさんの帰りが遅くなるという連絡が来た。前回の失敗を鑑み、帰るのは午後10時頃になると言質を取ってある。

それまでに、全ミッションをコンプリートし、ギリギリのところで離脱する。

名付けて生殺し作戦。

……け、決して、大人の階段を上る勇気がなかったとか、そういうわけじゃない。時間的にそれが限界だと判断しただけだ。うん。それだけ。

――いざ！

私は勇ましい足取りで、バスタオル姿のまま脱衣所を出た。リビングは静かだけど、さっき水斗がソファーで本を読んでいた。まだそこから動いていないはず。

リビングの戸を開くと、予想通り、水斗の後ろ姿がソファーにあった。

私は告げる。

「あがったわよ」

「ん」

短く答えて、水斗は私をちらっと見た。

どうだ。

前回のこいつは、飲んでいたお茶を盛大に噴き出し――

「もうちょっとしたら入る」

平静そのものの様子で言って、水斗は目を手元の本に戻した。

……あ、あれー？

気付かなかったのかな？　一瞬すぎて、私の姿がわからなかったのかな？

「……ふー。あつー……」

なんて言いつつ、私は水斗の視界に入るようにソファーにお尻を下ろした。

どうだ！　よく見えるだろう。脚が太腿《ふともも》から丸見えよ！

これ見よがしに脚を組み替える。

しかし、水斗の目は本から動かなかった。

お、おのれ……！　なら！

私はテーブルに置いてあるお茶の瓶に手を伸ばす――ふりをして、胸元が水斗の目に入るようにした。これならさすがに見るだろう！　かつて私のブラジャーを盗んだことがあるくらい、私の胸に興味津々なこの男なら……！

「…………………」

ちらりと、水斗が私を見た。

来た！　ほらね、このムッツ――

「ん」

水斗は私が取ろうとしていたお茶の瓶を、私のほうに押した。

私の手に瓶が触れる。

「……あ、ありがとう……」

トポトポトポ……。

もう、コップにお茶を注ぐ以外のことはできなかった。

水斗の目は再び本に戻っている。

——どうなってるのよ⁉

前は……！　前はあんなに意識してたのに！　チラッチラチラッチラずっと見てたのに！　今回はまるで無視！　ちゃんと見てよ！　結構恥ずかしいのよ！

……お、落ち着け……いったん落ち着け。お茶をごくごくと飲んで頭を冷やす。

前回はこの辺りで限界になってしまった私だけど、今回はこの程度では終わらない。策がある。

そっちが飽くまで無視するのなら、見ざるを得ない状況に持ち込むまで！

「……ねえ」

呼びかけると、「ん？」と水斗が答えた。

「ちょっと……髪、乾かしてくれない？」

◆　南暁月　◆

「ったく。髪くらい自分で乾かせってーの」

「いーじゃん。男は楽なんだから、たまにはさー」

こーくんがドライヤーのスイッチを入れ、ブオオーッと温風があたしの髪を撫でた。バスタオル一丁でソファーに座り、あたしはその風に頭を委ねる。すると、こーくんの指があたしの髪をわしゃわしゃした。手つきが雑。でも美容室以外で人に乾かしてもらうのは久しぶりで、ちょっと気持ちいい。

「お前さあ、服くらい着ろよ。人んちだぞ、一応」

「暑いんだから仕方ないじゃん。何？　意識してんの？」

「してるぜ。タオルがずり落ちるんじゃねーかってな。何せ引っかかるところがなさすぎ——うごっ！」

背後に座るこーくんの横腹に肘を入れる。あたしはソファーに横向きに座って足を伸ばし、こーくんはその背後で身を捻《ひね》って、あたしの頭にドライヤーを当てている。昔はこーくんが膝立ちにならなきゃいけなかったけど、今はこーくんのほうがずっと大きいから、普通に座ってるだけで充分に髪を触れる。

後ろに倒れたら、そのまま膝枕できるなあ。それでどう反応するか見てみたい気もするけど、髪が乾くまでは我慢してやろう。

あたしは温かい風を髪に浴びながら、バスタオルから伸びた自分の太腿を見る。

確かにあたしはちんちくりんだし胸もないけど、密《ひそ》かに脚には自信あり。この太腿を見れば、厄介な病気を患っているこの幼馴染《おさななじ》みも、多少はムラムラするかもしれない。

　前から少し思っていたのだ。

　こいつの好意アレルギー、どこまでセーフでどこからアウトなのか。こっちから好き好きオーラを出すのはもちろんアウトだけど、無自覚で性を感じさせるというか、わざとじゃないふりをして誘惑した場合はどうなるのか。

　性欲はたぶんあると思うんだよなー。プールのとき、すっごいドキドキしてたし。

　偶然のパンチラとかはたぶんセーフだと思うんだけど、それが偶然に見せかけた確信犯だった場合、こいつのアレルギーは見抜けるんだろうか。

　実験してみたかった。これから付き合っていくにあたって、そこの線引きがどこにあるかは重要な情報だ。

　決して、久しぶりに女扱いされたいわけではない。決して。

　もし偶然に見せかけた誘惑がセーフなら、ムラムラさせるだけさせて、家に居座って一人にさせないっていう嫌がらせをしてやろうと思う。もし我慢しきれずに求めてきても、乗り気っぽく振る舞ってやったら勝手に自滅するだろう。簡単なお仕事だ。

「ねえー」

　あたしは後ろに手をついて首を反らし、背後のこーくんを見上げた。ちょっと距離が近くなると共に、バスタオルだけの身体が無防備になる。

「二学期始まったら文化祭あるんでしょ？　どんなのやるか知ってるー？」

体育座りみたいなイメージで太腿を持ち上げる。バスタオルの裾の中が、見えそうで見えない感じに。

ちなみに、バスタオルの下にはなーんにも着けてない。

今更こいつ相手に裸見られてもあんまりダメージないし。いや、恥ずかしいのは恥ずかしいんだけど。……どっちにしろ、真っ裸よりちょっと何か着てるほうがエロいとか言い出しそうだなあ、こいつ。

こーくんはあたしの目を見て、

「さあな。自由度かなり高いらしいって話は聞いてっけど」

「飲食系もオーケーなんだよね。メイド喫茶すっかー」

「文化祭でメイド喫茶とか漫画でしか見たことねーぞ――って言いてーところだけど、去年あったらしいんだよな……」

「頭いい学校ほど文化祭とかではっちゃけるイメージあるよねー」

だらーっと話しているように見せかけて、こーくんの視線の動きは見逃さない。

もう三回くらい、ちらちらとあたしの太腿を見ている。『あっちは見ないようにしよう』って気を付けてるせいで逆に、って感じ。

ふーん。

やっぱり、わざとだってバレなければ大丈夫なんだ？

っていうか、こいつ、まだあたしのことそういう目で見れるんだ。ふーん。

それじゃ、

「結女ちゃん、何が似合うかなー。露出度高いのは着せたくないしなー」

会話を繋《つな》ぎながら、んしょ、とお尻の位置を直す。尾てい骨の辺りが、こーくんの骨盤か何かに当たった。

「当ったり前だろ。伊理戸の前だけならともかく」

髪を乾かすこーくんの指が、あたしの頭皮を撫《な》でる。さっきまでよりちょっと、手つきが優しい気がする。

「出たカプ厨。他の学年とか校外の人がどれだけ来るのか知らないけど、ナンパとか注意しないとね」

「おう。自分の分もちゃんと注意しろよ」

「は？　なにそれ。あたしもナンパされないようにしろって？」

「いんや、どうせお前は平和だろうからその分伊理戸さんを守れって意味」

「おいコラ。されるっつの。たまにいるっつの。ロリコンが」

「ロリを認めてんじゃねーよ」

左耳を指で撫でられて、声が出かけた。……ほら、いるじゃん。ロリコン。

髪をわしゃわしゃするのに紛れて、耳の裏をマッサージするみたいに親指が撫で、そのまま耳たぶを揉《も》まれる。何の代わりにしてるのかなー？　ホントは他にもっと触りたい場所があるんじゃないのかなー？　なんちゃって。

「――ぁっ」

サービスで軽く声を出してあげると、指はすぐに耳を離れていった。ふふっ、おもしろ。

「……そろそろいいだろ」

こーくんがドライヤーをオフにした。この辺りが限界らしい。

非常に参考になった。これからからかうときは、バレないようにそれとなく――

「おい」

「ひゃうっ⁉」

低い声が耳をくすぐり、あたしはビクッと震えた。

「ロリコンに声かけられんのがホントなら、お前もちゃんと気ぃつけろ」

「な……なに本気にしてんの。冗談だって……」

「ならいいけどな」

ふっ、と鼻で笑い――

――不意に、耳に吐息が吹きかかる。

「（ナンパ避《よ》けに、キスマークでも付けといてやろうか？）」

ぞくぞくっという感覚が、首筋を這《は》い登った。

耳にかかっていた薄い吐息が、徐々に下に降りていく。頬《ほお》骨、首筋、鎖骨——

「ばッ……！　ばっかじゃないのっ⁉」

あたしは慌ててこーくんから距離を取り、振り返った。

「そっ、そんなの付けられたら、ナンパ以前に学校にも行けなくなるってのっ！」

吐息が当たっていた首の辺りを手で押さえるあたしを見て、こーくんはにやにや笑う。

「なに本気にしてんだよ。冗談だろ？」

「は……はあ？」

「中学ん頃、お前にキスマーク付けられたことあったなって思ってよ。大変だったんだぜ、あのとき。襟立てて隠したり、涙ぐましい努力をしてよ、逆に目立っちまったりして」

……そういえば、やったかも。

キスマークってホントに付けられるんだーってテンション上がって、これ付けとけばこーくんに悪い虫つかないかもって思って。

「ふと仕返ししてやろうかと思ったけど、夏休みじゃ意味ねーよな。はっは！」

……ホントに？

本当は、ムラムラしてキスしたくなったんじゃないの？　あたしの首筋が美味《おい》しそうに見えたんじゃないの？

なんて、当然言えるわけもない。本人が冗談だというならそういうことだ。

……これって……。

あたしは、不意に気付く。恐るべき、その可能性に。

仮に、こーくんがその気になって、あたしにベタベタと甘えてきたりしても――

あたしのほうは、例のアレルギーに気を遣って、気のないふりをし続けないといけないってことなんじゃ……。

…………………。

そ……そんなの、地獄だよぉ……。

◆　伊理戸結女　◆

ブオオーッとドライヤーが吐き出す温風が、私の髪を撫でる。

「なんで僕がやらなきゃいけないんだか……」

「な、長いと大変なのよ。たまにはサボってもいいでしょ？」

水斗は細い指で、髪を適度に押さえたり梳《す》いたりする。髪に触覚があるわけでもないのに妙にドキドキした。その手つきが、口振りとは裏腹に優しいものだから尚更《なおさら》だ。

ああもう、私がドキドキしてどうする！　向こうに意識させないといけないのに！

暁月さん曰《いわ》く、どんなに素っ気ないふりをしてても、無防備に背中を見せれば必ず視線が怪しく動く――らしい。さっきは視界にさえ入ってないようだったけど、私の死角に入ったこの状況なら、うなじとか、肩とか、それに胸元とかを、それとなく覗《のぞ》いてくるはず……！　その瞬間を押さえれば、精神的に有利になる。

私はこっそりと、後ろの水斗を窺《うかが》った。

その目は私の髪だけを見ている。

平然としていて、私の素肌にドキドキしている様子なんて、微塵《みじん》も見られず。

……腹が立ってきた。

せっかくこんな慣れないことしてるのに、なんで何もリアクションしないのよ！　明らかに不自然なのわかるでしょ！　少し前はそんなに鈍感じゃなかったじゃない！

こうなったら……！

私はバスタオルの結び目を、ほんの少し緩めた。

ぬ、脱ぐわけじゃない。脱ぐわけじゃ……。ほんの少し、緩めるだけ。自然と乱れたように見せるだけ……。

身体《からだ》とバスタオルの間に、ほんの少し余裕ができる。その状態で、私はバスタオルから手を離し、無防備にスマホをいじる。

ほ、ほら……見えそうでしょ？　気になるでしょ？　意識せざるを得ないでしょ？

水斗の手つきに乱れは感じられない。

けれど——手に持ったスマホで、不意に内カメラを起動した。

瞬間、私の顔の後ろに映りこんだ水斗が、すいっと目を逸《そ》らしたのが見えた。

見てる見てる見てる！

私はテンションが上がって、心持ち胸を張った。私の勝ちだ！　このムッツリスケベめ！　そんなに気になるなら最初から見ておけばよかったのに！

慢心だった。

古来より人は言う。勝って兜《かぶと》の緒を締めよ、と——この場合、私は兜ではなく、バスタオルの緒を締めるべきだった。

するっ……と。

不意に、胸から下が解放感に包まれた。

「……え？」

ぱさりと、バスタオルがソファーの上に落ちる。

バスタオルの下に隠されていた私の身体が、ＬＥＤ電灯の下に晒《さら》されていた。

そう。

お風呂上がりの、ほんのり上気した素肌と——

——寝るとき用のショーツと、肩紐《かたひも》がないタイプのブラジャーが。

「……は？」

「…………………っ!!」

私は無言で、慌ててバスタオルをずり上げる。

ば……バレた。

下着姿を見られた恥ずかしさよりも、それ以外の問題による気まずさが冷や汗を流させる。

そう──私が、この事態を危惧して、保険をかけていたことがバレた。

確信犯で誘惑しに来たのが、バレた。

「……なるほど。なるほど、なるほど、なるほど……」

水斗がドライヤーを止める。

温度の低い声で、私の背中に声を投げかける。

「安直だな」

「うぐっ」

「前に効いたように見えたことを踏襲したのか。僕に同じ手が二度も通用すると思ったのか？」

「うぐうっ……！」

「僕をからかいたかったのか、例のルールで命令したいことがあったのか知らないが、誘惑のつもりならもっと上手《うま》くやれ。緊張が伝わってきて気を遣ったよ」

「んぐうう〜っ……！」

て、手心を……もう少し手心を……！

ダメージを受けすぎて反論もできないでいると、

「──なあ、結女」

まだ耳に馴染《なじ》みきらない呼び方が、私の奥をざわりと撫でる。

「僕は、東頭とつるんでるおかげで、誤魔化《ごまか》すのが上手くなったんだよ」

心臓が跳ねた。

そ、それって……じゃあ、今までも、視界に入ってなかったわけじゃなくて……。

「東頭にいつも言ってることを、君にも言っておく」

いつもより低い声が、耳から脳に突き刺さってくる。

「──僕も、男だぞ」

「ひうっ」

なっ……今の……はぁうあ……声が、声が……頭に残って……！

「じゃあ、僕は風呂入ってくるから。風邪ひく前に服着ろよ」

いつもの調子に戻って、水斗はリビングを去っていく。

その気配がなくなると、私はこてんと、ソファーの上で横倒しになった。

……ずるいい～～～～～っ‼

『僕も男だぞ』はズルでしょお～～～っ‼　禁止！　犯罪だからあ‼

わざとやってるの？　仕返し？　私が誘惑したから？　だとしたら意地悪すぎるんだけど！　ああもお～～～‼　そんなんだから東頭さんにも好かれちゃうのよ‼　誤魔化せなくなったら私、どうなっちゃうの～～～～っ⁉

結局、お母さんが帰ってくるまで、私はソファーの上でごろごろしていた。

◆　南暁月　◆

「じゃあな。おやすみ」

普通に帰らされた。

付き合ってる頃だったら絶対そのまま泊まってる流れだったけど、普通に家に帰された。

まあ、一〇秒もかからない距離だし当たり前なんだけど。

自室に戻り、ばふーん！　とベッドに倒れ込む。

……あいつの謎アレルギー、どうやったら治るのかな。

原因であるあたしがこんなに更生してるんだから、治ってもいいようなものなんだけど。

いや、治ろうが治るまいが、関係ないんだけどさ、今のあたしには。でも勝手に勘違いされて、勝手に体調悪くなられるのも面倒だし。

……そういえば、結女ちゃんどうなってるかな。

めちゃくちゃ上手くいってたら、今頃伊理戸くんと……。

「…………………」

邪魔したろ。

着信音で水差したろ。

あたしはスマホを手に取り、結女ちゃんをコールする。無視されたり、すぐ切られたりしたらそれはそれでショックだな、なんて思っているうちに、通話が繋《つな》がった。

『もしもしー』

「あ、もしもし結女ちゃん？　いま大丈夫ー？」

『うん。大丈夫』

焦ってる感じもない。どうやら一人らしい。ちょっとホッとした。

「どうだったー？　生殺し作戦の結果は！」

『えー？　まあ、うん……えへへ』

……おっと？

この照れ笑い……歯切れの悪さ……『質問してください』という空気……。

もしかして……もう、全部終わった後だったり……？

「う……上手くいった、の？」

『うーん……そうとも言える、かな？』

「え？　え？　どういうこと？」

『えへへ』

だからどういうこと!?

説明を！　説明を求めてるんだけど！　意味ありげな照れ笑いだけするのやめて！

『あのね……「僕も男だぞ」って言われた』

「ん？」

それだけ？

と一瞬思ったけど……んん!?

『その、実は、全然効かなくて……その上、わざとやってるのがバレちゃって……でも、あの、それでね？　効いてないんじゃなくて、誤魔化すのが上手いだけだって……僕も男だから気を付けろ、って！』

「え……えっ!?　ええ～っ!?　なにそれ!?」

想像して、不覚にもドキドキした。

え？　何？　アイドルが出てる恋愛映画の予告編？

「伊理戸くん、少女漫画から出てきた人なの？」

『ね！　ああいうの天然でやってくるから怖いの！』

「顔が可愛《かわい》いから様になりそうなのが腹立つな〜……！　こっちなんかさあ、なんて言ってきたと思う？」

『え？　暁月さんもしたの？　川波くんに？』

「あ、うん、まあ、気まぐれにね？　でさ、あたしでもナンパされるかもしれないんだぞって話してたらさ、『ナンパ避《よ》けにキスマークでも付けといてやろうか』だってさ！　キモいよね〜！」

『えっ⁉　よくない⁉　すごいよくない⁉』

「結女ちゃん的にはアリなの？」

『人によるけど、どっちかといえばアリ！』

「そっかぁ。……まあ、うん、あたしも別に、嫌ってほどじゃないけど」

『素直じゃないなあ』

「それはあいつのほう！　あいつ、何でもかんでもすぐに笑って誤魔化すんだから！」

結女ちゃんを伊理戸くんに取られるのは悔しい。

その相談を、よりによってあたしにされるなんて地獄もいいところだ。

けど……こうして、結女ちゃんがあたしだけに秘密を話してくれるのなら、それはそれでいいかもなあ、なんて思った。

少年少女は記念する「……三人で撮ったら、ダメですか……？」

◆ 伊理戸《いりど》水斗《みずと》 ◆

夏休みの終わりが近付いてくると、否応《いやおう》なしにあの日のことを思い出す。

二年前の、8月27日。

生まれて初めてラブレターをもらった日。

まだ、恋愛に対して多少なりとも希望を抱いていた頃の、愚かしくも幸せな記憶だ。

そして、今は同時に、もうひとつの日のことも思い出す。

去年の、8月27日。

LINEにさえ何の反応もなかったあの日、僕は前年の同じ日の出来事が、すでに遠く懐かしい思い出になっていることに気が付いた。切なくも、悲しくもなく。ただ空っぽな気持ちで生温《なまぬる》い懐古に浸る、そういう日になってしまったことに気が付いた。

本当は、一緒に祝うはずだった。

記念日になるはずだった。

けれど、僕たちは未熟すぎて、アニバーサリーを迎える資格すらもらえなかったのだ。

それをどうしようもなく認識したという意味で、僕にとって8月27日は、記念日ならぬ命日のようなものだった。

恋という気の迷いから目覚めた日。

僕の中の恋が死んだ日だ。

◆伊理戸結女《ゆめ》◆

8月27日。

夏休みの終わりと共に、その日付が目前に迫っていた。私はスケジュールアプリのカレンダーを見ながら、人生で一番幸せな思い出と、人生で一番苦い思い出を同時に思い出す。

一昨年《おととし》は人生初の告白に成功し、去年はそれを未練たらしく思い出すだけの空虚な日だった。

けど、今年は違う。

奇跡が起こるのを期待しているだけの臆病な女は消えたのだ。今の私は攻撃という概念を知っている。誰かが何とかしてくれるのを待つのではなく、自分から行動を起こすことができるのだ。

二年越しの記念日。

これほどの好機はない──出不精なあの男を外に連れ出し、義理のきょうだいという立場をいったん忘れさせるのに、これほどの好機はない！

「……どこがいいかなー……」

スマホでブラウザを開き、お出掛けに──いいや、もはや誤魔化すまい──デートに使えそうな場所を探す。前に行った水族館はなんだかんだで結構楽しかったけど、例えば私が『一緒に遊園地行こ！』と誘ってみたところで『は？　嫌だ』と返されるのが目に見えていた。水斗が多少なりとも興味を示しそうで、かつデートができる場所……。

……というか、予定空《あ》いてるのかな？

つい常日頃いかなるときでもスケジュールが空白だという前提で考えてしまっていたけど、あの男にも今や付き合いというものがある。友人どころか知り合いさえいたのか怪しかった中学時代とは違うのだ。断られる想像をして、ようやくそのことに思い至った。

まずはスケジュールを押さえるべきだ。

そう考えた私は、ＬＩＮＥを立ち上げて水斗とのトーク画面を開いた。

夜に用があるときは、直接押しかけずにＬＩＮＥを使う約束だ。それに、わざわざ部屋まで押しかけて『8月27日、空いてる？』なんて訊《き》いたら、私の魂胆がバレバレになっちやうし……。

文面をしばらく考えて、

〈ねえ。近いうちに出掛ける用事ある？〉

……ちょっと変かな。まあいいや。送信。

数秒で既読がついて、少ししてから返事が来る。

〈ある〉

え？

私はドキリとして、恐る恐る文字を打った。

〈いつ？〉

〈27日〉

くらりと目眩《めまい》のような感覚に襲われているうちに、水斗のメッセージが続く。

〈東頭《ひがしら》から映画に誘われた〉

映画！

水斗の興味を適度に惹《ひ》きつつ、デートっぽい場所……！　その手があったかあー……！

って、思わず感心が優《まさ》ってしまったけど……そっか。先、越されてたか。

予定……空けといて、くれなかったか。

「そっ……かぁ……」

悲しいような、寂しいような――ああ、そっか。『切ない』っていうんだ、この気持ちは。

もはや水斗にとって――私たちにとって、8月27日は記念日なんかじゃない。

当たり前の話だ。もう別れてるのに、付き合い始めた日を祝えるはずなんてない。

予定を空けておいてくれる義理なんて、もうどこにもないのだ。

今更のように認識した事実を、今更のように噛《か》み締めた時間は、どのくらいだっただろう。

その間、私は何の返信もしなかった。不自然に空いたその間が、私の心境を水斗に伝えてしまったのかもしれない。

こういうときだけは、本当に、察しがいいから。

〈空けたほうがいいか？〉

そのメッセージを見た瞬間――私の頭に、一気に血が上った。

〈なんで私に訊くの？〉

指がほとんど自動的に、憤りを文字にしていく。

〈東頭さんと遊ぼうと思ったから予定を入れたんでしょ？　あなたがそう決めたんでしょ？　なのに私が後から空けてって言ったらその通りにしちゃうわけ？　東頭さんに失礼だと思わないの⁉〉

なんでこんなに頭に来たのか、自分でもよくわからない。

でも、許せなかった。現在進行形で仲良くしている友達との約束を、たかが元カノのために蔑《ないがし》ろにすることが──水斗が、そんな男になってしまうことが。

そうだ。……水斗が気を遣ったのは、綾井《あやい》結女という元カノであって、私じゃないのだ。

一方的な長文の後、数分間の間があって、水斗が返してきた。

〈そうだな。悪い〉

シンプルなメッセージに、けれど深い反省が籠もっている気がした。

ふう、と私は息をつき、頭を冷やす。

……惜しいことしたかな。

お願いすれば、水斗は予定を空けてくれたかもしれない。元々そういう計画だったじゃない。記念日にかこつけてデートしようって。

いや、……その発想が、臆病なのだ。

過去の自分を超えると誓った。綾井結女よりも今の私を好きになってほしいと思った。

だったら、昔の記念日なんかに頼ってどうするんだ。

水斗が記念日に他の予定を入れておいてくれたのは、むしろ喜ぶべきことなのだ──彼の中で、昔の私がそれほど強い存在感を持ってないってことなんだから。

……それはそれで、ちょっと悔しいけど。

「映画かあ……」

本当に上手《うま》く考えたなあ。いや、東頭さんのことだから、デートだって認識はないんだろうけど――本当にただ観《み》たいのがあっただけなんだろうけど。

というか、あの二人って、デートらしいデート、したことあるっけ？

いつも一緒にいるように思えるけど、図書室で話したり、一緒に下校したり、家に入り浸ったりっていうだけで、どこかに一緒に遊びに行くっていうデートは、したことないんじゃあ……。

私はＬＩＮＥで、東頭さんとのトーク画面を開いた。

まあ、初デートだものね。かつて協力した者として、応援のひとつもするわよね。決して、決して、自分が完全な除《の》け者《もの》にされるのが悔しいわけじゃないんだからね！

そんな言い訳をしつつ、東頭さんにメッセージを送る。

〈水斗と映画行くって聞いた。頑張って！〉

見るがいい、この余裕を。

彼氏が女子と一緒にいただけでうだうだ言っていたクソガキよ、大いに見習うがいい。

東頭さんは程なくして、

〈そうなんですよー〉

と、返信した後――

こう続けた。

〈結女さんも一緒に行きます？〉

「…………」

まっさかぁ。

当人たちにそのつもりはないといえど、人の初デートについていくような空気の読めないことするわけが――

〈せっかくだし行こうかな！〉

◆　伊理戸水斗　◆

僕は青い空を見上げていた。

小さな屋根が作る影の下。すぐ目の前をしきりに車が横切る。家から程近い場所にあるバス停のベンチに、僕は座っていた。

待ち合わせである。

本来ならなかった予定だ。東頭とは適当に現地で合流するつもりだった。ところが、だ。なぜか突如として参加してきた結女が、東頭を我が家に呼び出し、一方で僕を外に追い出したのだ。

本当に、なんでだろうな。

今日という日の意味は、僕だってちゃんと覚えている。けれど、もはやこの日に意味を見出《みいだ》す義理は僕にはない。そう思って、東頭の誘いを受けたのだ。

なのに——まさか、東頭があの女を誘うとは。

しかも、あの女がその誘いを受けるとは。

聞けば、LINEであのやりとりをした直後のことだったらしい。厚顔無恥という言葉を知らないのだろうか、あの女は。自分では東頭を優先しろと言っておいて——いや、誘ったのは東頭なんだから、僕も結女も、誰にも不義理をしていない形ではあるんだが。

女子二人を連れて映画か……。

一人は友達、一人は家族とはいえ、半年前には考えられなかったイベントだな。

まあ、映画を観て帰るだけのことだ。変に身構える必要はないか。

「お待たせ」

声に振り向くと、二人の女子が、ベンチに座る僕を見下ろしていた。

そのうちの一人——結女は、珍しくパンツルックで、長い黒髪をポニーテールに縛っていた。トップスも二の腕まで見えてる袖の短いやつで、いつもより少し大人っぽい装いだった。

もう一方の東頭は、いつか見たことがある、ゆったりとした緑っぽいトップスにゆったりとしたベージュのスカートを合わせた、ファンタジーの村娘を思わせる素朴な印象の服装だった。ここのところ、パーカーにズボンとか、だるだるのTシャツとか、ファッションのフの字もない格好しか見ていなかったので、ちゃんとした格好が新鮮に見える。

東頭の目がいつもより若干ぱっちりしていたり、唇が光っていたりしているのを見て、なるほどと得心した。

「僕を追い出したのは、東頭のファッションチェックのためか」

「そうよ。東頭さん、放っておいたらいつものパーカーで行きそうだったし」

「いいじゃないですかー。映画観るだけですよ？」

「だーめ！　家にいるときはぐちぐち言わないけど、外出るときはちゃんとするの！」

「めんどくさいですー……」

東頭はげんなりと肩を落とす。女子は大変だな、と僕は同情した。東頭も男に生まれていれば、部屋着と外出着が同じでも文句を言われなかっただろうに。

所詮他人事《ひとごと》と静観していると、結女がじとっとこっちを見た。

「ちょっと」

「何か言うことあるでしょ」

言いながら、結女は東頭の背中を軽く押す。

東頭はぱちくりと瞬《まばた》きして僕を見た。戸惑っている様子だ。僕も同じ気分だった。

何を言えばいいかは、なんとなくわかるが……。

「この服の感想なら、前に言ったと思うけど」

「ですよね。もう聞きましたよ？」

「きょ・う・の！　東頭さんの感想を言うの！」

今日のぉ？

天気や気温じゃないんだから、人間の容姿が日によって変わってたまるか。

とはいえ、結女が納得しそうにないので、僕は仕方なく東頭に贈る褒め言葉を探した。

「いつものパーカーよりはいいと思う」

「もっと言い方あるでしょうが！」

「……えへへ」

「東頭さん、この褒め方で照れちゃダメ！　チョロすぎ！」

今日のこいつは妙にめんどくさいなあ。

と思っていると、結女は嘆かわしげに溜《た》め息《いき》をついて、それから横目で僕を見た。

「私は？」

「え？」

「わ・た・し・は？」

しまった。東頭を褒めさせたのはこのための布石だったたか。

東頭を褒めたのに結女だけ無視するわけにはいかない……。くそ、小癪《こしゃく》な手を……。

僕は心持ち大人っぽい装いの結女を見上げて、言葉を探す。

「……、髪型」

「え？」

「ポニーテール。珍しいな」

結女は後頭部で縛った髪に軽く触れ、

「ああ……そうね。いつもは暁月《あかつき》さんと被《かぶ》っちゃうから」

「なるほどな」

「……好き？　ポニーテール」

控えめな調子の質問に、僕は咄嗟《とっさ》に答えられなかった。

即答しかねる、というのもあったし、なんというか、この話の流れが――

東頭が小首を傾《かし》げて言った。

「ハルヒ？」

「……くくっ」

耐えきれなくなって、僕は軽く噴き出した。

「え？　なになに!?　何かおかしかった!?」

「ゼロ年代の古典にも少しくらい触れておけ。くっくく」

「っぷふ！　わたしもポニーテール萌《も》えですよ。うなじがエロいですよねー。ぷふふ！」

「ちょっと！　二人だけで通じ合う感じやめてくれる⁉」

まあ、反則的なまでに――とは言わないまでも、似合ってるよ、実際。

絶対に、本人には言ってやらないが。


バスが来たので、僕たちは順次乗り込んだ。

「あ、後ろ空《あ》いてますよ」

「行きましょ」

先に乗り込んだ二人に続いて、バスの最後部に向かう。

誰もいない横長の席に、まず東頭が座って端に詰めた。続いて結女がその隣に座る――

と思いきや、

「ほら、ここ」

一人分、東頭と距離を空けて座り、その空白に僕を誘ったのだ。

なんでわざわざ僕を挟む形に……と思うが、座面をぽんぽん叩《たた》いて急《せ》かされては無視もしにくい。僕は結女と東頭に左右を固められる形で座席に腰を下ろした。

「おおー、両手に花ですね」

「ふふっ、嬉《うれ》しい？」

「本物の花は花を自称しないと思うけどな」

「水斗君、脚組んでドヤ顔してくださいよ。わたしは肩にしなだれかかるんで」

「異世界ハーレム系ライトノベルの表紙をやろうとするな」

「よくわかったわね、今ので……」

プシューッとドアが閉じ、バスが出発する。

ガタッゴトンッと揺られながら、東頭が僕越しに結女を覗《のぞ》き込んだ。

「そういえば結女さんって、オタク系の知識、どこまでわかるんですか？　ラノベをあんまり読んでないのは知ってますけど、漫画も全然読まない感じです？」

「全然だと思う。裏染天馬《うらぞめてんま》の台詞《せりふ》でしか知らない」

「うらぞめてんま？」

「そういう探偵役が出てくるミステリがあるんだよ。ブルーレイとかアニメグッズの購入資金のために殺人事件を推理するオタク高校生探偵」

と僕が補足すると、「へえー」と東頭は言う。

「そういうのもあるんですね。面白そうです」

「あの辺りは、挿絵がないだけでライトノベルと感覚的にはあまり変わらないからな」

「読む？　私あのシリーズ好きなの」

「いいんですか？　ミステリーってあんまり読んだことないんですよね」

結女も、東頭も、話しているうちに相手のほうに身体《からだ》が傾いて、結果、左右から僕の肩を押し合う形になっていた。

右肩に触れる東頭と、左肩に触れる結女を少しでも避《よ》けるために、僕は自然と身を縮める。

「ミステリは昔からキャラが立ってる作品が多いし、東頭さんも読みやすいと思うわよ？」

「でも人が死ぬじゃないですか」

「嫌いなの？　人が死ぬ話」

「いえ、別に嫌いじゃないですけどー。ハッピーエンドが好きなんですよね、基本的に。人が死んじゃうとハッピーになりきらないというか」

「あー……。でも、人が死なないミステリもあるし」

「日常の謎も、ビターな結末だったりすること多いけどな」

「謎が解けたら被害者が生き返るって設定じゃダメなんですかね？」

「それ、成立するのかしら……。探したらありそうだけど」

言葉に紛れさせるようなタイミングだった。

左隣に座った結女の右手がひっそりと伸びてきて、僕の肘を引き寄せるように絡んだ。

何のつもりだこいつ。

これが東頭だったら特に気にもしないが、こいつが何の理由もなく人前でスキンシップを取ってくるはずがない。

僕は何も気付かなかったふりをして話を続ける。

「実は死んでなかったパターンならあるだろうな。あるいは過去に遡って事件を未然に防ぐとか」

「タイムリープ系ですね！　大体好きです！」

「あ、それ私も好き」

「なんだかんだで、みんな笑顔で終わるのが読んでて一番楽しいんですよね。ライトノベルでも文芸でも」

左の結女は、すでに腕を絡めるような格好になっていた。

反対側の東頭からは見えない位置で、徐々に密着度を高めて、さっき東頭が冗談でやろうとしていた格好になりつつある。それでいて胸だけは二の腕に触れそうで触れない位置をキープしているんだから、器用なものだと感心する。……なんか甘い匂いするな。いつものシャンプーの匂いじゃない気がする。香水でもしてるのか？

くすっと、耳元でかすかに笑う声が聞こえた気がした。ちらりと横を見ると、結女が意味ありげな目配せを送ってくる。……何の遊びだよ。

僕は努めて、結女の行動を無視することに決めた。

◆ 伊理戸結女 ◆

ふふふ……。効いてる。これは効いてる。

誤魔化《ごまか》すのが上手《うま》くなった、と前は言っていたけど、その前提の上で観察すれば、意識してるのは明らか。目の動きや必要以上に固い表情が、水斗の心境を物語っている。

三人での外出になったのは、結果的には正解だった。

この前の誘惑失敗のこともあるし、二人きりだと気まずい空気になることもあっただろう。その点、東頭さんがいれば心配はいらないし、東頭さんの遠慮のない行動に便乗することも、水斗の隙に付け入ることもできる。

東頭さんをダシに使うようで気が咎《とが》めないこともないけれど、まあ、誘ってきたのは本人だし、東頭さんも楽しそうだし、ウィンウィンと思うことにしよう。

「今日観《み》るのはどういう系の映画？　アニメよね、確か」

「青春で、ちょっとSFで、みたいなやつですね。評判良くて気になってたんですよねー」

何の変哲もない会話を交わしながら、水斗の脇腹を軽く触ってちょっかいをかける。あんまりベタベタするのも東頭さんに申し訳ないから、この程度が限界だけど、反応しないように頑張って我慢してるんだなーって思うと面白くなってしまう。

この男も二人きりなら堂々と言い返してくるだろうけど、東頭さんの前ではどうすることもできまい。

さて、次はどうしてやろうかな——と考えていると。

バスがカーブに入った。

ぐぐっと、身体が横に流れる。

そのせいで——むにっと、ギリギリ触れないところで調整していた胸が、水斗の二の腕に思いきり当たってしまった。

「〜〜〜〜っ⁉」

ちょっ……これはさすがにっ……そ、そこまでするつもりはーっ……！

カーブが終わっても、すぐには動けなかった。

ここで離れたら……何だか、負けたような気がする……！

ちらりと水斗の顔を窺《うかが》った。

「わたし、同じ監督の作品観たことあるんですよね。特徴的で、水斗君好きそうだなって思いまして」

「僕はアニメ監督とかあんまり詳しくないからな。助かるよ」

平然とした顔で東頭さんと話していた。

……何だか、負けたような気がする……！

私は結局、目的のバス停に辿《たど》り着くまで、胸を押し付けっぱなしにしていた。

◆　伊理戸水斗　◆

……バスで移動しただけなのに、ずいぶんと疲れたような気がした。

「あっちにとらのあな、向こう行くとメロンブックスがあります」

「この辺、オタク系のお店多いわよね」

「さらに向こうに行くと、猛者が集まってそうなゲーセンもありますよ」

「東頭さん、ゲーム上手なの？」

「お母さんに鍛えられてますからね。『SEKIROを途中で諦める奴《やつ》は人生も途中で諦める』がウチの家訓です」

「うん……？　そうなんだー」

映画館を目指して繁華街を歩きながら、結女は何事もなかったように東頭と話している。

それを後ろから眺めながら、僕は密《ひそ》かに憮然《ぶぜん》とした。

人をからかって遊びやがって……前は気を遣ってやったら怒ったくせに、ずいぶんなダブルスタンダードじゃないか。

映画館に着くと、東頭が予約しておいてくれたのを券売機で発券し、料金を払った。高校生料金だから、単行本一冊分ってところか。妥当だな。

精算を済ませたところで、結女が言った。

「先にトイレ行ってくるわ。東頭さんは大丈夫？」

「大丈夫です。いってらっしゃーい」

東頭は軽く手を振って見送る。

シアターが開場するまでは、もうしばらく時間があった。僕はロビーの待合用ベンチに腰を下ろす。他にも客が何人もいて、スマホを眺めていたり、雑談に興じていたりした。

「よいしょ」

僕に続いて、東頭が隣に座る。

しばし沈黙が漂った。

東頭は落ち着きなくゆらゆらと左右に揺れたり、モニターに繰り返し流れる映画のＰＶを眺めたりした。所在なげだな。発券の手続きもスムーズだったし、映画館に慣れていないとは思えないが。

そんなふうに考えていると、軽く身体を前に傾《かし》げて、隣の僕の顔を覗き込んできた。

「あの……水斗君」

「ん？」

「今日、機嫌悪くないです？」

「……は？」

予想外の質問に、思わず険のある相槌《あいづち》を打ってしまった。

東頭はますます不安そうな顔になって、

「いえ、あの、バスに乗ってるときからなんか顔が固いなーって思いまして……勘違いだったらいいんですけど！」

バスに乗ってるとき……ああ、なるほど。

結女のちょっかいに反応しないようにしていたのが、機嫌悪そうに見えたのか。これは悪いことをしたな。

「大丈夫だよ。勘違いだ。あれは……バスってあんまり乗らないからさ、少しだけ酔ってただけだよ」

なるだけ優しく、もっともらしそうな理由をでっちあげると、東頭はまだ少し不安げなまま、

「そうですか……。ならいいんですけど……。友達と出掛けるなんて、経験がなさすぎて……退屈させたらどうしようって、ちょっと不安だったので」

東頭はときどき、こういう顔を見せることがある。

周りを気にせずマイペースに生きているかと思いきや、まるで我に返ったように人の顔色を窺い、居心地悪そうに身を縮める……そういう瞬間が、三日に一度くらいはある。

本当の最初の最初は、常にこういう感じだった。

図書室で出会って、初めて話した日。まるで自分の存在自体が罪であるかのように、東頭は恐る恐る、不安でいっぱいの顔で、僕との会話に応じてくれたのだ……。

それを知っているから、僕ははっきりと断言せねばならなかった。

「大丈夫だよ」

何度でも、何度でも、飽きることなく。

「君がどんなに空気の読めないことをしても、僕は別に怒ったりしない」

「え〜？　結構怒ってる気がしますけど……」

「それは怒ってるんじゃなくて叱ってるんだ」

「うぇえ〜」

げんなりと肩を落とす東頭に、僕は言う。

「安心してくれ。約束は覚えてる」

いつまでも、君の知る僕でいる。

東頭の告白を断り、友達に戻ったときにした約束。

東頭は前髪をちりちりといじりながら、ふにゃりと頬《ほお》を緩ませた。

「……えへへ」

「何の笑いだ」

「水斗君は永遠に推せますね」

「勝手にアイドルにするな」

◆　伊理戸結女　◆

私は遠目に、ベンチに隣り合って座る水斗と東頭さんを眺めていた。

水斗が東頭さんと話すときの表情は、とても自然で、柔らかい。宝物を扱うようにしてくれた昔とも、敵意を滲《にじ》ませる今ともまったく違う――彼女にも元カノにも見せない、それは東頭さんのためだけの顔だ。

正直に言えば、ちょっと羨ましい。

だけど同時に、よかったなあ、とも思う。痩せ我慢じゃない。純粋に喜ばしいと思う気持ちが、自然と胸の奥から湧き起こってくるのだ。

それはたぶん、私たちができなかったことを、東頭さんがしているからなのだろう。余計な意地や嫉妬に惑わされることなく、一緒にいたいというシンプルな気持ちを優先できる彼女を、純粋に素晴らしいと思うからなのだろう……。

……………………。

本当に？

このほっとしたような気持ちは、本当に、それだけ……？

東頭さんが笑っている、その事実に、こんなにも安心した気持ちになる――それは、知っているからなんじゃないか。

服を褒められて嬉《うれ》しそうに笑い。

水斗の好きなところを照れながら語り。

そんな、ありふれた、どこにでもいる女の子のような、変人でもマイペースでもない東頭さんの姿を――

――水斗の前では決して見せないことを、知っているからじゃないか。

……杞憂《きゆう》、なのだろう。

だって、ほら、東頭さんは、あんなに楽しそうに笑っている。

だから――隠してなんていないはずだ。

水斗のために、本当の自分を隠しているなんてことは、ないはずだ……。

「ねえ、あれ……」「うわ！　本当だったんだ……！」

ん？

そんな声が聞こえた気がして振り返ったけど、夏休みの映画館は盛況で、ただ人混みがあるばかりだった。

◆　伊理戸水斗　◆

「え？　カップルシート予約しようとしてたの？」

「そのほうが安いと思ってたんですけど、よく見ると普通に高校生料金で二人分席取ったほうが安かったです」

「というか、ペアシートって端っこだろ。観にくいだろ」

「映画を観るのよりもイチャつくの優先の席ってことなんですかね」

「だったら家でネトフリでも観とけ」

「あなたたちには映画デートの情緒は一生理解できなそうね……」

話しながら暗いシアターの中に入り、座席を探した。

東頭はかなりいい席を取っておいてくれたようだ。僕たち三人が並んで腰を下ろした席は、シアターのちょうど中央の辺り。近すぎず遠すぎず、スクリーンがよく見えた。

惜しむらくは、また僕が二人の間に挟まれる順番になってしまったことだが。

「（おい）」

右隣の席で、荷物を椅子の下に置いていた結女に、僕は小さく声をかける。

結女は顔を上げ、

「(なに?)」

「(上映中はちょっかいかけてくるなよ)」

「(ふん。気にしなければいいでしょ?)」

「(邪魔したら僕のぶん払わせるからな……)」

「(わ、わかった! わかったわよ! 顔が怖い!)」

これでよし。

僕は安心して背もたれに身を預け、スクリーンに流れる予告編を眺めた。僕は割と、映画のトレーラーを見るのが好きだ。想像を掻《か》き立てられるというか、行間を読む楽しさがある。それで満足して本編を見ないことも多いのが玉《たま》に瑕《きず》だが――それにしても、シアターで観《み》るとめちゃくちゃ耳につくな。予告編特有の『デゥーン!』っていう効果音。

「…………………」

ん?

なんか視線を感じる……。結女の反対側、左の席を見た。

すると東頭が、じっと僕の顔を見つめていた。

「……どうした?」

「いっ、いえ……」

東頭はすぐに目を逸《そ》らした——というか、泳がせた。
なんだ。僕の顔に何か付いてるか？　本気で疑って、頬や額を触ってみたが、特に何事もない。

少し気になったものの、東頭に訊《き》き返す前に、鑑賞マナーの注意喚起がスクリーンに流れ始めた。上映中は話すなと言われてしまったので、口を噤《つぐ》む。

スマホの電源を落とし、顔面カメラ男が逮捕されるのを眺めていると、やがて明かりが落ちていった。

映画が始まる。

劇場アニメならではの壮麗な作画が、巨大なスクリーンいっぱいに映し出される。これぱかりは小説では味わえない。まあ、たまに『作画がいい』としか評しようのない、異様に映像喚起力のある小説もあるものの、視覚で味わうのとはまた別だ。

と、映画を堪能していると、肘掛けに置いていた左手に、ふわりと重なる手があった。

「あっ」

東頭が小さく声を上げ、慌てて手を引っ込める。

手が当たったこと自体はよくあることだ——が、普段、勝手に人の膝を枕にしてくる奴《やつ》が手くらいで何を慌ててるんだ？　少し気になって、ちらと隣を見た。

「（すみません……）」

東頭は肩を縮めてそう囁《ささや》く。

「(いや)」

僕は首を傾《かし》げつつそう答えて、映画の鑑賞に戻った。

今、東頭の顔が照れていたように見えたが……。

まさかな。

東頭は綾井とは違う。

◆ 伊理戸結女 ◆

「なかなかすごかったな」

「ですねー。特に中盤以降の描写が……」

「抽象的っていうのかしら、ああいうの。わからないようでわかるっていうか……」

「アニメならではのインパクトがあったな」

感想を言い合いながら、私たちはシアターを出る。

映画は結構面白かった。アニメを見慣れていないせいなのか、私にはよくわからないところもあったけど、わからないのが逆に面白いっていうか。水斗と東頭さんはそういうところが気に入ったみたいで、さっきからあそこはこうだ、あれはああだって意見を交わしている。

「この後はどうするの？」

「特に決めてないが」

「あっ……解散、ですかね？」

「んー、それも何か勿体《もったい》ないし……時間もいい感じだし、どこかでご飯食べていく？」

「えっ⁉　いいんですか⁉」

「悪いことはないでしょ。あ、お家《うち》にはちゃんと連絡してね」

「了解です！」

東頭さんが妙にはりきってスマホを取り出した。

そのタイミングで水斗が、

「じゃあ、ちょっとトイレ行ってくる」

「ん。わかった。東頭さんは大丈夫？」

「大丈夫ですー」

すたすたとトイレに消えていく水斗。

その背中を、東頭さんがスマホを持ったまま、ぽーっと見つめているのに私は気付いた。

「……東頭さん？　どうかした？」

「いえ、その……今更なんですけど……」

東頭さんはふにゃりととろけた笑みを浮かべて、

「薄暗いシアターの中で水斗君の横顔を見てると……デートみたいだなあ、って……」

「うっ」

久しぶりにダメージを受けた。

その初々しさに、私の擦れた心が太陽に当たった吸血鬼みたいにぶすぶすと煙を上げる。

この程度のことで感動できる東頭さんに比べて、抜け駆けしてしょうもない誘惑をしていた私の意地汚さよ……。

自分が失ったものの尊さに目を細めていると、東頭さんは「あっ⁉」と唐突に声を上げてこちらを見た。

「もしかして、LINEで『頑張って』って言ってたの、こういう意味ですか⁉」

「……本っ当に今更ね」

「あ、あう、うあー……！　すみません、すみません！　気を遣ってもらったのに……‼」

「い、いいからいいから。私も説明しなかったし」

罪悪感がちくちくと胸を刺す。こんな純粋な子をダシに使った私って……。

私がどんどこ落ち込んでいく一方で、東頭さんは幸せそうな照れ笑いを浮かべる。

「告白が失敗したとき、『あー、わたしは水斗君とデートしたりできないんだー』って思いましたけど……案外、できちゃいますね」

「……そうね。そう思うと、恋人ってなんなんでしょうね」

こういうことを、他の女の子とさせない権利？　……だとしたら、なんて器量の狭い関係なんだろう。

東頭さんは鹿爪らしい顔で言う。

「強いて言うなら、この後ホテル行くのが恋人で、行かないのが友達なんでしょうね」

「……東頭さん、下品ポイント1」

「えっ？　なんですかそのポイント？　貯《た》まるとどうなるんですか？」

もし東頭さんの言う通りだとしたら、……私も、彼女と同じように、別に恋人にならなくてもいいかもしれないな、とちょっとだけ思った。

◆　伊理戸水斗　◆

「三名様でよろしいでしょうかー？」

ファミレス店員の案内に従って、僕たちはボックス席に座る。「ご注文がお決まりになりましたらお呼びください」と言い残して去っていく店員に、結女が「はーい」と答えた。

僕はテーブルの端にあるメニューを手に取る。

「何にする？」

「みんなで摘《つ》まめるのが一つくらいあってもいいかもね」

「じゃあピザかポテトか」

「ピザかあ……」

「嫌いじゃないだろ」

「そうだけどね……」

「ついにカロリーを気にし始めたのか」

「そっ、そんなことないし……胸に行くタイプだし……」

「体重の増加を成長期のせいにできるのもそろそろ終わりだぞ」

「うるさいわね！　デリカシーとかないのこのガリガリ男！」

対面の結女とメニューを挟んで話している間、隣の東頭が何やらそわそわしていた。

「東頭、どうした？」

「いえ、そのう……」

ゆらゆらと左右に揺れながら、

「友達同士で夜に外食なんて初めてで……ちょっと感動が……」

「あー、わかる！　家の外で家族以外と食べる夜ご飯の非日常感ね！」

「そうです！　そうなんですよ！　学校帰りにちょっと寄るのとは違うんですよ！」

ぼっちどもがきゃっきゃとわかり合っている。安上がりで何よりだ。

　結局ピザはやめて、全員で摘まむ用のフライドポテトを一つと、僕がドリア、結女がペペロンチーノ、東頭がハンバーグを頼んだ。もちろんドリンクバーもセット。

　一度席を立ち、僕は紅茶を、結女はオレンジジュースを、東頭はコーラを、ドリンクバーから取ってくる。

「東頭さんって……もしかして、本物の胸に行くタイプ？」

　東頭がなみなみとコップに注いだコーラを見て、結女が言う。

「さあ？　前に体重測ったの、身体測定のときなので わかんないです」

「体重計乗ってないの⁉」

「乗っても前が何キロだったか覚えてませんし」

「……私たちは化粧のやり方とか表面的なことじゃなくて、もっと根本的な、女子として持つべき思想を教えるべきだったのかもね……」

　そうしておいてくれれば僕も結構助かったんだけどな。

「実は人と映画来るの初めてだったんですけど、結構楽しいですね。すぐ感想言える相手がいるのって」

　早めに来たフライドポテトを摘まみながら、東頭は何でもないことのように言う。

　結女は少し気を遣うように笑いながら、

「東頭さんは気にしなそうよね、一人映画くらい……」

「普通、一人でしょう？」

「そうだな。普通は一人だ」

「まあ、うん、そうね。今時珍しくもないかもね」

奥歯に物が挟まった言い方だな。人と映画を観《み》るなんて、観るものも時間も合わせないといけないし、どう考えても面倒だろう。相手が東頭じゃなければ来てない。

「また何かあったら一緒に行きましょうよ」

「そうね。私あんまりアンテナ張ってないんだけど、何かあるの？」

「わたしもアニメ映画くらいしか知らないので……夏休み終わっちゃいますし、あんまり新しいの始まりませんよね、たぶん」

「なら次は実写にしよう。たまにはいいだろ」

「そうですねー。恋愛映画以外ならいいですよ」

「恋愛映画嫌いなの？」

「なんか腹立ちます」

「わかる」

「わかるの？」

直近で何か面白そうな映画なかったかな……と、僕はスマホを取り出した。

っと、映画館で電源切ってそのままだった。立ち上がるのを待つ。

ホーム画面が映ると、隣の東頭がひょいと覗《のぞ》き込んできた。

「水斗君、壁紙デフォルトなんですね」

「あんまり覗くなよ」

「んー……ちょっと貸してください」

「あっ、おい」

東頭は僕のスマホを奪ったと思うと、カメラを立ち上げた。

人のスマホで何を——と思うと、内カメラにして、僕にぐっと肩を寄せる。

対面の結女が目を白黒させた。

「ちょっ……!?」

「はい、ぴーす」

僕の顔と自分の顔を画角に収め、ぱしゃりと一枚。

ツーショット写真の出来上がりだった。

スマホを返してくる東頭。

「はい、どうぞ」

「なんだこれは」

「壁紙用素材です」

「彼女か」

無表情でピースする東頭と、怪訝《けげん》そうな顔の僕の写真を見ながら、思わず突っ込む。

表情には色気もクソもないものの、ツーショットをホーム画面に設定していて付き合ってないと言い張るのはさすがに無理がある。

「むう。だったら……」

「あ」

東頭はまた僕からスマホを奪うと、対面の席に移動し、結女に肩をくっつける。

「あっ、ちょっと――」

「ぴーす」

ぱしゃり。

結女とのツーショット写真を用意するや、また僕の隣に戻り、スマホを返してきた。

「これならどうですか！」

「これはこれで、僕が何者なんだかわからん」

「強いて言うならお父さんかしら……？」

「パパ活⁉」

「やめい」

下品ポイント2、と結女が謎のポイント加算を宣言した。

むむう、と東頭は写真を見て考え込み、

「……じゃあ……」

ちらちらと顔色を窺《うかが》うように僕たちを見て、東頭はおずおずと言う。

「……三人で撮ったら、ダメですか……？」

僕と結女は首を傾《かし》げて、東頭の顔を見た。

東頭はわたわたと手を振る。

「あ、いや、その！　ほら！　考えてみたら、この三人で一緒にお出かけするの初めてだなって思って！　お家《うち》ではよく一緒になりますけど！　だから、あの、記念って……いうか……」

記念。

その言葉に、僕と結女は自然と顔を見合わせていた。

東頭への隠し事に関する、気まずい目配せ――ではない。

僕たちは一様に驚き、そして、納得していたのだ。

きっと、僕も結女も、心の隅にわだかまりがあった。

8月27日。今日という日に持つ複雑な心境を、東頭の前であえて表に出さないでいることに。

東頭と一緒にいながら、心のどこかには、記念日だったはずの今日を悼む気持ちが、少しは絶対にあったのだ。

一昨年は記念日で、去年は命日。

ならば今年からは、別の記念日にしたって悪くはない。

苦い思い出も……そうすれば、上書きしてしまえるかもしれない。

押し黙った僕たちに、東頭は不安げな視線を向けた。

「だ……ダメ、ですか？」

「ダメじゃないよ」

僕はすぐに、断言した。

「ツーショットのときは遠慮なかったのに、急に弱気になるからおかしかっただけだ」

「そうよ」

結女もくすりと笑って、東頭の手を引くように言う。

「撮りましょ、三人で——記念に」

そうして僕たちは、二人がけの席に三人並んで、記念写真を撮った。

またしても僕を真ん中にしたその写真を見て、僕は思う。

一昨年は間違えた。

去年も間違えた。

でも今年は、間違ってはいなかったかもしれない。

この写真があるだけで、そんな希望が持てるような気がした——

そして、東頭が言った。

「この写真……なんか、誰か死にそうですね」

「……ぷくっ！」

僕は軽く噴き出した。

「東頭さん！　空気空気！」

「え？　でもほら、よくあるじゃないですか。家族を失った男が家族写真を眺めてるみたいな」

「っくく、ロケットに入ってるやつな」

「そうです、それ！」

「わかるけど！　縁起悪いこと言わないでよ！」

その後は頼んだ料理を食べながら、『ロケット、死人の写真しか入ってない説』について論じ合った。

◆　伊理戸結女　◆

「今日は本当に楽しかったですー！」

「うん。私も」

「映画、面白そうなのがあったら連絡する」

「はい！　よろしくお願いします！　それではー！」

東頭さんは嬉《うれ》しそうに手を振って、マンションのエントランスに消えていった。

ファミレスで話し込んでいるうちに、日はとっくに落ちてしまった。東頭さんだけ一人で夜道を帰らせるのも可哀想《かわいそう》だったので、自宅まで送ったのだ。

東頭さんの背中が見えなくなると、私たちは踵《きびす》を返して帰路に就く。

街灯と建物の明かり、行き交う車のライトが照らす夜の歩道を、私たちは肩を並べて歩く。

「…………」

「…………」

「…………」

「…………」

「……今度はくっついてこないのか？」

水斗が横目でこっちを見て飛ばしてきた発言に、私はぴくりと震えた。

「……っ！」

「き……気が変わったのよ」

「ふうん」

興味なさげに言って、水斗は私への視線を切る。

……東頭さんと別れた途端、アプローチを始めるなんて、何だか除《の》け者《もの》にするみたいで嫌じゃない。

確かに最初は、東頭さんをダシに使おうと思ってた。でもそれは、私がまだ今日のことを『伊理戸くんと付き合えた記念日』だと思っていたからだ。

でも、今はもう、違う。

今日は、水斗と東頭さんと、初めて三人で遊んだ日。

だから、もう余計なことはせずに——映画が面白かったってことで、よしとしよう。

「ねえ」

前を見たまま声をかけると、

「なんだ？」

前を見たまま水斗が答える。

「……東頭さん、泣かせたら怒るわよ？」

「君が余計なことをしなければ大丈夫だよ」

「それは保証できないかもね」

「……おい」

じとっと水斗が私を見て、私はくすくすと肩を揺らす。

ひとつ、可能性として。

私はもしかすると、かつての私ほど彼を夢中にはできないかもしれない。

けれど、それでも、絆《きずな》がなくなるわけじゃない――それを東頭さんに、教えてもらえている気がした。

だから、今なら屈託なく思えるはずだ。

水斗と東頭さんが、末永く仲良く、一緒にいられますように、と――

「……ん？　川波《かわなみ》か」

水斗がスマホを取り出し、「もしもし」と耳に当てた。

ほぼ同時に、私のスマホにもポコンとＬＩＮＥの通知が来る。

暁月さんからだった。

次のようなメッセージが届いていた。

〈結女ちゃん、何かあった？〉

〈伊理戸くんと東頭さん、学校の子たちの間でも付き合ってることになってるんだけど〉

あなたはこの世にただ一人

◆東頭《ひがしら》いさな◆

みんなにとって、わたしはずっと『変な子』でした。

幼稚園でお母さんじゃなくて引っ越し屋さんのマークを絵に描いたときも、小学校で将来の夢の作文に『いろいろ考えたけど今は特にありません』って原稿用紙いっぱい使って書いたときも、みんなはわたしのことを『変な子』だって言いました。

みんなは、他の子の絵や作文を覗《のぞ》き見たり、なんとなく察したりして、それに合わせてしまうそうです。

本当なんでしょうか？

幼稚園では『好きなものを描こうね』って言われましたし、小学校では『正直に書いてね』って言われました。みんなが書きそうなものを書こうね、なんて一言も言われてなかったのに、本当にみんな、わかっていたんでしょうか？

よくわかりません。

未《いま》だに、よくわからないのです。

お母さんは、そんなわたしに言いました。

——変な子だぁ？　上等じゃねーか
——いさな。お前はこの世にただ一人なんだ。だったら、人と変わってんのは当たり前のことじゃあねーかよ
じゃあ、なんで他の子は変な子だって言われないの？　と訊《き》くと、

——そりゃお前、みんな自分を出すのが怖いのさ
お母さんはわかってません。

怖いもの知らずな人だから、わからないんです。

だって、怖いのはわたしも同じ。

自分を出して、何も隠さずに表に出して、剝《む》き出しの自分が傷付くのは、わたしだって怖いんです。

ただ、隠せないだけなんです。

守れないだけなんです。

できないだけなんです。

——ただ、それだけのことなんです。

◆伊理戸結女《いりどゆめ》◆

「久しぶりー！」「ひさしーーうわっ、めっちゃ焼けてんじゃん！」「宿題終わったー？」

「なんとかー……マジ死ぬかと思ったー」

久しぶりの教室は、かえって新鮮に見えた。

そこ彼処《かしこ》のクラスメイトの顔に、『変わったなー』と『変わってないなー』を同じくらい感じて、それが教室を見慣れながらも新しいものにしていた。LINEなんかは夏休み中も動いていたけど、やっぱり顔を見ると見ないとでは印象が違うものだ。

「伊理戸さん、ひっさしぶりー！」

「久しぶり、伊理戸ちゃん」

「麻希《まき》さん、奈須華《なすか》さん、久しぶりーーって言っても、先週くらいに会わなかったっけ？」

いつもの面子《メンツ》ーーショートカットで背の高い坂水《さかみず》麻希さん（バスケ部所属）と、ボブカットでいつも眠そうな顔の金井《かない》奈須華さん（競技かるた部所属）ーーと話しながら、私は席に鞄《かばん》を置く。今日は始業式だけだから鞄が軽い。

麻希さんは私の前の席に遠慮なく座り、奈須華さんは隣の席に浅く座る。

と、そこに見慣れたポニーテールが飛び込むように合流してきた。

「結女ちゃんっ、ひっさしぶりぃーっ！　寂しかったよーっ!!」

「うわっとと！　……暁月《あかつき》さんに至っては、先週どころか昨日会わなかった？」

「制服の結女ちゃんに会うのは久しぶりだよ？」

「服ごとに別人なの私……」

「ソシャゲのキャラじゃん！」

　朝から景気良く大笑いする麻希さん。

　とりあえず私は抱きついてきた暁月さんを引き剝《は》がす。暑い。九月になったとはいえ、気温はまだ夏みたいなものだ。

「いやー、終わっちったか、夏休みー」

　麻希さんが教室を見回しながら、名残惜しげに言う。

「なーんか、思ったより夏っぽくなかったなー。青春が足りないっていうか？　まあ、合宿と部活の大会はあったけどさー。みんなも大して変わってなさそうだよなー」

「あたしもほとんど家でごろごろして過ごしちゃった。たまに運動部の助っ人《すけと》は行ってたけど。宿題がキツかったなー」

「ホントそれな！　青春する暇なかったわー！　かーっ！」

　暁月さんはしれっと、川波《かわなみ》くんとプールに行った話を隠した。暁月さんの顔色ひとつ変えずに嘘《うそ》ついたり隠し事したりできるところ、ちょっと怖い。

「奈須っちはー？　夏休みなんかあった？」

水を向けられた奈須華さんは、少し東頭さんを思わせるぼんやりとした顔で、

「ウチも部活の大会があったくらいやな」

「なーんだ。同類かー」

「あと彼氏ができたくらい」

「なーんだ。彼――えっ？」

「「えっ？」」

私たちはぎょっとして、奈須華さんのぼんやりした顔を一斉に見た。

「かれっ……え？　なに？　なんて言ったの？」

「部活の大会があった」

「そっちじゃないそっちじゃない！」

「ベタなことすんな！　彼氏のほうに決まっとるやろがい！」

動揺のあまりガラが悪くなった麻希さんに、しかし奈須華さんはきょとんと首を傾《かし》げる。

「彼氏ができたって話？」

「そうそう！」

「ホントなのそれっ⁉」

「うん」

平然と肯《うなず》く奈須華さん。

はえー……と、呆然《ぼうぜん》となってその顔を見つめる私たち。

だって、奈須華さんは省エネ志向というか、すごいめんどくさがりで、異性になんか興味も示したことがない、女版の折木奉太郎《おれきほうたろう》みたいな人だから……まさか、よりによってこの人が、夏休みで一皮剝《ひとかわ》けてくるとは……。

「だれっ⁉」

麻希さんが一番に自失から脱して、奈須華さんに前のめりになった。

「だれ⁉　誰と付き合ってんの⁉　ウチのクラス⁉」

「部活の先輩やけど」

「告白されたの⁉」

「いや、ウチから言うた」

「「「ええ⁉」」」

告白⁉　愛の⁉　この年中ダルそうな顔で⁉

奈須華さんは照れもせず、

「『先輩、ウチに気ぃあるんわかってますから、付き合うんならさっさとしましょ』って」

「それって……告白、なのか？」と麻希さん。

「なんか思ってたのと違うなあ……」と暁月さん。

「でも奈須華さんらしいかも……」これは私。

「だってウジウジぐだぐだやっとる時間無駄やん」

うっ！

鋭利な言葉の刃《やいば》が、私の胸に突き刺さった。人にはいろいろ事情があるんです……。

「ってか、奈須っちに恋愛感情あるって初めて知ったわ、わたし」

「ウチをなんやと思とんの」

「確かに『そんなんめんどくさい』って言って告白断ってそうなイメージよね」

「わっかるー！」

「先輩は特別や」

突然飛び出た殊勝な台詞《せりふ》に、私たちは『おっ!?』と色めき立った。

「部活帰りにアイス奢《おご》ってくれはるし」

「やっす」

色めき座った。

東頭さんを散々変人扱いしてきたけど、奈須華さんも大概よね……。

でも、私たちの知らないところで、奈須華さんが部活の先輩と毎日一緒に帰って、アイスを買ってもらって、それは先輩の不器用なアプローチだったりして、その好意をなんとなく察して――ってことがあったんだと思うと、なんだかドキドキしてくる。

けど、当の本人は事もなげに、全然違う方向に視線を振った。

「恋愛感情云々《うんぬん》っていうなら、ウチより伊理戸くんちゃうん？」

「あっ！　そーそー！　伊理戸弟の話ね！　聞いた聞いた！」

ドキリと胸が跳ねた。

水斗《みずと》の席は、夏休み前の席替えで私とはだいぶ離れて、廊下側の真ん中辺りにある。今はそこに川波くんが番犬のごとく陣取って、水斗に何か訊きたくてうずうずしているクラスメイトたちを牽制《けんせい》していた。

「めっちゃ噂《うわさ》になってんじゃん？　伊理戸弟と三組の女子の話！　伊理戸さん、あれってホントなん？」

「えーっ……と……」

目を逸《そ》らす。どう言うのが正解なんだろう。私は視線で暁月さんに助けを求めた。

暁月さんは、

「まあ正直に言えばいいんじゃない？」

と軽く笑いながら言う。

「お？　なになに？　あっきーも事情通？」

「まあねっ。その子とは何回か遊んだことがあってさ――ってか、東頭さんのことなら、この四人でも前に話さなかったっけ？」

「東頭――あー、あの子か」

そういえば、水斗が東頭さんと出会ったばかりの頃、奈須華さんは二人が一緒にいるのを目撃していたっけ。その割にはリアクションが薄いけど。

一方の麻希さんは興味津々で、

「伊理戸弟こそ、恋愛興味なさそうの代表じゃん。一学期の中間からこっち、そういうとこが逆にウケてたっぽいからさあ、今回のニュースはインパクト大だったよねー」

「勉強合宿くらいの頃から噂はあったやん。伊理戸くんとずっと一緒におる女子がどうって、聞いたことあんで」

「その頃はまだそんなに話題になってなかったくない？　ほら、伊理戸さんとの噂が元からあったっしょ？　それに比べたらねー」

またすいーっと目を逸らす私。その噂に関しては身から出た錆《さび》なので、抗弁のしようもない。

「でも、デートしてるのが目撃されたってなると、話は変わるっしょ。相手の女子――東頭さん？　も、学校とは全然違う雰囲気で、超可愛《かわい》かったらしいしさあ」

「あっはっは」

暁月さんが白々しく笑った。私と並んで、学校とは全然違う雰囲気とやらを作った張本人である。

「で？　どーなん？　付き合ってんの？」

「あー、まあ……」

暁月さんの言う通り、下手に誤魔化《ごまか》すと噂に変な尾鰭《おひれ》が付きそうだ。

「付き合っては……ない、と思う」

「えー？　んじゃガセネタ？」

「そんなもんやろ、噂なんて」

「じゃ、あれもガセ？　その女子がグラビアアイドルも真っ青の巨乳って──」

「「それは本当」」

私と暁月さんの声がハモった。

「うへー、マジか。一回見てみてー」

「紹介してもいいよ？　奈須華ちゃんは結構気ぃ合いそうだよね、結女ちゃん」

「確かに。雰囲気似てるわよね」

「おい。わたしは？」

「ヤンキーの方はご遠慮いただいて」

「誰がヤンキーじゃい！」

笑いが起こる裏で、私は密《ひそ》かに心配していた。

東頭さんの外堀がさらに固まっていることにではなく──彼女を襲っているであろう、

劇的な環境の変化に。

◆　東頭いさな　◆

教室のドアを開いた瞬間、わたしは驚きました。

だって、夏休み前までのわたしは、空気のように学校生活を過ごしていたんです。わたしが教室に入っても、挨拶どころか視線すら飛んでこない、それが普通だったんです。

ところが――どうですか、この全身に突き刺さる視線の数々は。

わたしと水斗君の噂のことは、結女さんたちから聞いています。

勉強合宿のときから感じてはいましたけど、水斗君、本当に人気あるんですね。びっくりです。まあ、わたしのほうが先に目をつけてましたけどね。

わたしは視線を潜《くぐ》るように身を縮こまらせつつ、自分の席に座ります。ふー。なんだか落ち着きません。視線慣れしていないものですから。

結女さんは、ずっとこの中で過ごしているんですよね。入学のときから大人気だったらしいですし。尊敬してしまいます。

「――ねえ、東頭さん……」

授業が始まるまで寝るか本を読むか迷っていると、おずおずと話しかけてくる声がありました。はて、誰に話しかけているんでしょう――あれ？　いま東頭って言いました？

「あっ……わ、わたしですか？」

「うん、そう。わたしわたし」

　女子の方が二人、わたしの席の前に立っていました。二人ともクラスメイトの方で……名前は……えーっと……すみません！　でも水斗君もたぶん同級生の名前覚えてないと思うのでセーフです！

　お二方は、まさか二学期にもなってクラスメイトの名前を把握していない奴《やつ》がいるとは思わないのか、自己紹介しないまま話を進めます。

「あのね、ちょっと噂に聞いたんだけど……」「七組の伊理戸くんとデートしてたって、本当……？」

「でぇと」

　結女さんたちからは、水斗君と一緒にいるところを見られた、とだけ聞いています。その目撃シーンが、まるでデートしているように見えたってことなんでしょうか。とすると……とりあえず事実関係を確認せねば。

「あのぉ……それって、27日の話ですか？」

「あっ、そうそう！」「やっぱり本当だったんだ！」

　え、いや、あの、日にちを確認しただけで、まだ答えてないんですけど……。

　訂正しようとしましたが、遅きに失しました。

聞き耳を立てていたのか、まるでタイミングを見計らったかのように、教室中の女子の方たちがわらわらと集まってきたのです。

「いつから付き合ってるの⁉」「合宿のときもよく一緒にいたよね⁉」「なんで黙ってたの⁉」「伊理戸くんって実際どんな感じ⁉」「水臭いじゃん！」

あわわ、あわわ、あわわわわわ。

怒涛《どとう》の質問攻めに、思わずヨッシーみたいになるわたしです。一気に話されても聞き取れませんし、なぜかいきなり友達感覚の人がいますし、答えようにも隙がありませんし、なぜかいきなり友達感覚の人がいます。

何より、完全に付き合ってると思われてます。

さすがのわたしも、じわじわと焦りを感じてきました。だって、わたし、付き合ってませんもん。フラれてますもん。勘違いとはいえ、このままでは騙《だま》しているようで気が引けます。早く……今のうちに否定しておかなければ……！

「あ、あのっ……！」

「ねえ！　夏休みはどのくらい会ってたの⁉」

「え。だいたい毎日……」

「毎日⁉」「超ラブラブじゃん！」

「あ、いえ、でも、水斗君が帰省してるときは――」

「水斗君って呼んでるんだー！」「ねえねえ、どこでデートするの？　毎日行ってたら行くとこなくなんない？」

「え？　いや、いつも水斗君ち行ってたので……」

「家!?　毎日!?」「半同棲じゃんそんなん！」

きゃーっ！　と黄色い歓声を上げる女子生徒の皆さん。

ど、どうしましょう……。反射的に答えていたら、噂を否定する機会を逸してしまいました。

けど……ちょっと、嬉《うれ》しくなっている自分がいます。

半同棲。半同棲……。そうだったのかぁ……。

「告白は!?　どっちからしたの!?」

「え、あ、まあ、一応わたしから……」

フラれましたけど。

「なんてー？　なんて言ったのー？」

「いやー、まあ、それはちょっと……」

「照れてるー！　かわいいー♪」

「えへ、えへへ」

クラスメイトとこんなに会話したのはいつぶりでしょうか。

もしかすると人生で初めてかもしれません。

まあ、本当は付き合ってないんですけど、嘘《うそ》は言ってませんし……もうちょっとだけ、彼女面してみてもバチは当たらない——ですよね？


始業式を終えて放課後になると、わたしは夏休み前の習慣の通り、図書室に足を向けました。

気のせいかもしれませんけど、廊下を歩いてるだけでちらちら見られている気がします。優越感と所在なさがない交ぜになって、なんともゆらゆらした気分です。

いやあ、それにしても、びっくりしちゃいますよね。わたし、全部正直に答えてるのに、何にもボロが出ないっていう。結女さんなんかは、いつもわたしと水斗君がやってることを恋人みたいだって言ってましたけど、まさか本当だったとは思いませんでした。

とはいえ、図書室でまであんな風に騒ぎになったら、他の人の迷惑になっちゃいますよね。見つからないように気を付けなくては。

ちょっとした有名人気分で、きょろきょろと人目を気にしつつ、図書室に入ります。

いつもの定位置——窓際の隅を目指して、……あれ？

今更なんですけど、水斗君、いるんですかね？

確かに一学期はいつもあの場所で会ってましたけど、夏休み挟んじゃいましたし、水斗君がいるとは限らないんじゃあ……。

一抹の不安を覚えつつ……ひょいっと、本棚の向こうを覗《のぞ》き込みました。

そこには――窓際の空調機に浅くお尻を引っかけた、水斗君がいました。

「……うぇへへ」

一学期は当たり前のことだったのに、何だか嬉《うれ》しいです。

二学期も、水斗君は毎日ここにいてくれるみたいです。

あの約束を……守ってくれてる、ってことなんですかね。

「……ん。よう」

水斗君はわたしに気付いて、読んでいた本から顔を上げました。

わたしはそこに近付きながら、

「久しぶりだったのでいないかと思いました」

「習慣ってのはそうそう抜けないもんだよ」

「今日は何読んでるんですかー？」

いつも通りに話しながら、わたしは鞄《かばん》を置き、靴と靴下を脱いで窓際空調の上に座ります。

安心感がありました。

人の少ない図書室の、誰にも見られない隅っこで裸足《はだし》になって、隣には水斗君がいる
……この環境が、まるで自分の部屋にいるみたいに、わたしをほっとさせてくれました。
うーん……クラスの人にちやほやされるのも楽しいですけど、やっぱりこっちのほうが
性に合ってますね。無人島に何でもひとつだけ持っていけるとしたら、わたしは水斗君を
持っていくでしょう。

「――あ、あれ……」「ホントだったんだ……」

と。

ひそこそとした女子の話し声が、かすかに耳朶《じだ》を打ちました。

見ると、閲覧スペースの椅子に座った女子生徒が、何やらちらちらとこっちを見ながら
囁《ささや》き合っています。あら。こんなところにも水斗君のファンが？

水斗君がそちらを見やると、女子たちはすいっと目を逸《そ》らします。

それを見て、水斗君は軽く眉をひそめました。

「……気になりますか？」

水斗君は、たぶん、人に注目されるのは好きじゃありません。

考えてみれば当然のことです。今の状況は、水斗君にとって、好ましいことではないは
ずです。

けれど水斗君は、わたしの質問には答えずに、

「君こそ大丈夫か？」

「ええ、まあ、ちょっとちやほやされて、ちょっといい気になってるだけです」

「やめとけバカ」

「あう」

頭を軽く小突かれます。

いつも通りの、気安いツッコミです。

けれど、その瞬間、さっきの女子たちが、きゃあっと小さく声を上げました。

「っと……」

水斗君は慌てて手を引っ込めます。

それから、誤魔化《ごまか》すように髪を指先でいじって、小さく息をつきました。

「……君、実際なんて言ってる？」

「え？」

「クラスメイトとかに。訊《き》かれるだろ」

「えっとー……」

さっきの『ちょっといい気になってる』は冗談じゃなくてマジだったんですけど、もちろん言えません。

「嘘は言ってない、はず、ですけどー……」

「なんか気になる言い方だな……。まあ、だったら大丈夫か。今んとこ僕はノーコメントで貫いてるし」

「大丈夫じゃないことがあるんです？」

「そりゃだって、もし君が周りに合わせて付き合ってるって答えたとして、一方の僕が付き合ってないって言ったらどうなる？」

「どうなるんですか？」

「君が付き合ってるって勝手に言い張ってるヤバい奴になる」

「……、おわ⁉ ホントじゃないですか！」

「考えてなかったんだな……」

考えてませんでした。

危ない危ない。調子に乗ってホラ吹いてたらどうなってたことか。

「じゃあ、あれですね。口裏合わせとかないとダメですね」

「そうだな。ま、ムキになって否定するのも逆効果になりそうだし、このまま曖昧に濁しておくのが無難だろうけど……」

「わかりました……！　全力で濁します！」

「不安だな……。はあ、まったくめんどくさい」

水斗君はうんざりと溜《た》め息《いき》をつきました。

「どいつもこいつも、本当に暇だよな……」

……確かに、クラスの人に話しかけられるのはちょっと嬉しいです。

わたしは水斗君より俗物なので、注目されると若干気持ちいいです。

ですけど……それで水斗君に迷惑がかかっちゃうのは、絶対に嫌だなあ、と思いました。

◆ 川波小暮《こぐれ》 ◆

「で？　どーよ、そっちの状況は」

晩飯の宅配ピザをあーんと口に入れながら、オレは対面の暁月に訊いた。

暁月もチーズをぐにょーんと伸ばしつつ、もう片方の手でスマホを操作する。

「一年女子の間ではもうだーいぶ広まってるかなー。でも、悪意はなさそうだから放置しても問題ないとは思うけど」

「本当かぁ？　ねーのかよ、『あいつチョーシ乗ってない？』みてーなやつ」

「あんまりないね。あったとしても、みんなが褒めてるものをとりあえず貶《けな》したい人って感じ。伊理戸くんの人気が本格化する前だったのが幸いしたかも。変人同士で納得感もあるしさ」

「はッ、オレはまったく納得してねーけどな」

「女子に比べれば大して話題にはなってねーな。ただ、ブラコンってことにして男避《よ》けしてた伊理戸さんのほうにちょっかいかけようとする馬鹿がいるかもしれねーけど……」

「男子のほうは？」

「絶対潰しといてよね、そんなの」

「言われなくてもやってるって」

オレもスマホをすいすいと操作しながら、

「……つーことは、やっぱり火消しはしなくていいのかね」

「やっぱりって？」

「伊理戸の奴《やつ》にさ、鬱陶しいなら何とかしてやろうかって言ったらよ、余計なことすんなってさ」

「余計なことかぁ……。伊理戸くん的には、周りにどう思われようがどうでもいいのかな」

「いや……ってよりは……」

オレは思い出す。火消しを提案するオレに、伊理戸はこう言ったのだ。

——東頭を馬鹿にしてるのか
「どう思うよ？」

「ううーん……」

暁月は眉を寄せ、悩ましげに首を捻《ひね》った。

「……東頭さんってさあ、あたしや結女ちゃんの前ではすごい乙女なんだよね。伊理戸くんに褒められて照れまくったり、逆に怒られて落ち込んだり……なんか年下の子をお世話してるみたいな気分になんの」

「はあ？　それがなんだよ」

「伊理戸くんって、そういうところ、知ってるのかなあ……」

このサイコ女には珍しく、少し心配そうな声音だった。

「東頭さんも普通の女の子だってこと、わかってるのかなあ……」

◆　東頭いさな　◆

「――ねえ、東頭さん！　お昼、一緒に食べない？」

翌日も、東頭いさなピックアップ期間は続いていました。

お昼に誘われるなんて、覚えている限りでは人生初の出来事です。水斗君や結女さん、南《みなみ》さんとは、お昼休みには滅多《めった》に会いませんし。

「え、あ、……わ、わたしでよければ……」

「もちろん！　行こ！　あ、お弁当持ってる？　それか購買？」

「い、いいえ、ありますっ、お弁当……！」

お母さん……今日は作ってくれてありがとうございます。どちらかといえば大あくびしながら小銭を渡されることのほうが多いので、睡魔の神様に感謝です。

こんなに上手《うま》くいくと何か騙されてるんじゃないかという気分になってきますが、誘ってくれた方々はみんな優しい人でした。相変わらず名前は覚えきれてませんが……。

「伊理戸くんとは家族ぐるみの付き合いなんでしょ？　じゃあ伊理戸さん――あ、ええと、お義姉《ねえ》さん？　のほうとも知り合い？」

「あっ、はい……。結女さんも、たまに遊びに誘ってくれたりしますけど……」

「えー⁉　そうなんだ！」「羨ましいー！」

ご飯中の話題は、やっぱり水斗君についてでした。よく質問が尽きないなあと感心するくらい、根掘り葉掘り聞き出されます。もしかして水斗君狙いなんじゃないかと疑いもしましたけれど、どうも単純に好奇心があるだけみたいに思えます。

わたしもできる限りは答えますけれど、水斗君や結女さんのプライバシーに関わることは話さないようにしています。そこもちゃんとわかってくれている方がいて、わたしが答えを渋る様子を見せると「それは話せないでしょー」と言って、お友達を窘《たしな》めてくれます。

そういうところを見ていると、本当にいい人たちなんだなってことがわかります。

でも――

「いやあー、でも素敵だよねー。伊理戸くん、あんな大人しい顔してさあ」「そうそう。

喧嘩《けんか》なんか全然できなそうなのにね！」

「はい？」

「東頭さんが不良に絡まれてるのを助けてくれたんでしょ？」「やば！　少女漫画みたいじゃん！　憧れるわー！」

「……はい？」

そんなこと……言った覚え、ありませんけど？

「東頭さんの手を引いて逃げたんだって！」「あれ？　不良を全員ボコったんじゃないっけ？」「いやいや論破してヘコませたんでしょ？」「お姫様抱っこで逃げたって聞いたけどー？」

お……尾鰭《おひれ》が！　噂《うわさ》に尾鰭が付きまくってます！

し、知らないうちに水斗君がスーパーマンに……！　そういうイメージなんですか⁉

みんな水斗君に白馬の王子様になってほしいんですか⁉　わかりますけど！

「あ、あの、それは、ちが――」

「伊理戸くんって料理もできるんだよね、東頭さん！」

皆さんが一斉に、わたしに注目しました。

あ……。

期待しています。皆さん、わたしから水斗君カッコいいエピソードが語られるのを。言われるまでもなく、目でわかります。

でも、皆さんが思うほど水斗君は完璧じゃないんです。お昼から遊びに行っても寝起きでぼーっとしてますし、寝癖が三日くらい直ってないこともありますし、腕立て伏せもほとんどできなくて、喧嘩なんてしたら殴った手のほうがどうにかなっちゃいます。

だから、否定しないと……否定しないと――

「――料理、は、結構できる……みたいですよ？」

「やっぱりそうなんだ！」「家庭的で頭良くて喧嘩強いとか最強かよ！」「しかも顔可愛《かわい》いし！」「顔ね！」「顔がホントいい！」

「わかります顔可愛いですよね！」

嘘《うそ》じゃないんです！　料理できるのと顔可愛いのはホントなんです！　空気を壊す勇気がなかったわけではないんです！

本当に……騙《だま》してるつもりは、ないんです。


放課後の図書室は、心なしか昨日よりも人が増えている気がしました。

毎日人数を数えているわけではないので、本当に気のせいかもしれませんけれど、わたしと水斗君がいつもの窓際で本を読んでいると、こそこそと小さく話す声が、妙に耳につくんです。

わたしたちの話じゃないかもしれません。

悪意があるわけでもないかもしれません。

けれど、夏休み前までの静けさを知っている身からすると、それは明確なノイズでした。

図書委員とか司書さんとかが、私語厳禁って怒ってくれたらいいんですけど——あ、いや、それだと、まずわたしと水斗君が真っ先に怒られちゃいますね。

水斗君のほうも見られているのを気にしているのか、夏休み前や家にいるときに比べると、わたしに触れるのを自重している気がします。いつもは手慰みに髪撫《な》でたり耳触ったりが当たり前だったのに、今日は全然なしです。密《ひそ》かに楽しみにしてたのに欲求不満です。

何より、いつもより眉間にしわが寄り、表情も固い気がします。……舞い上がっているわたしより、水斗君のほうがストレスになっているのかもしれません……。

「あの……場所、変えましょうか？」

控えめにそう提案してみると、水斗君は微笑《ほほえ》みました。

「大丈夫だよ。気にするな」

大丈夫って、水斗君はいつもそう言います。

でも、本当にそうなんでしょうか。わたし、全然頼りになりませんし、困ったことがあってもわたしには相談できないだけなんじゃないでしょうか。

告白のときでさえ――水斗君は、元カノがいたことを明かしませんでした。

わたし、馬鹿で単純ですから、恋人にはなれなくても友達のままでいてくれるって、そうなったことのほうが嬉《うれ》しくて、長い間、気にしませんでしたけれど――あんなの、絶対、わたしを悲しませないためじゃないですか。少しでもショックを与えないように、気を遣ってくれたんじゃないですか。

告白が失敗した直後に、いつもみたいに遊びたいって、そんな常識からズレた我《わ》が儘《まま》さえ、文句ひとつ言わずに聞いてくれて……。

本当に、大丈夫なんですか？

わたし――ちゃんと、できてますか？

「君はいつも通りにしてれば、大丈夫だ」

大丈夫。大丈夫。大丈夫。

そうですよね。

そうしておけば、わたしも――

「……教室でのわたしなんて、見たことないじゃないですか……」

「え？」

あれ？

……わたし、何言いました？

「東頭……？」

「どうしました、水斗君？」

気遣わしげな水斗君に、わたしはいつもの調子で訊《き》き返します。

危ない危ない。

また――空気が、読めなくなるところでした。

何か特別なイベントがあったわけじゃありません。

日常的な積み重ねと、愚かな繰り返しがあっただけのこと。

ただ、わたしが『変な子』であり、それを治すことができなかっただけのことなのです。

例えば、小学生の頃のことです。クラスの男の子二人が喧嘩をしました。理由はよく覚えていません。たぶん、どっちかが悪口だか何かを言って、もう一人が殴ったとか、そういう感じだったと思います。

二人は摑《つか》み合いの喧嘩になって、先生に引き剝《は》がされて、それからどっちも泣き出しました。事情を聞いた先生は、二人にこう言いました。

――どっちも悪かったから、お互いごめんなさいして、仲直りしようね

いま思い返しても、ええ？　と思います。

両方謝るにしても、それは先に攻撃したほうが先に謝るべきに決まっています。何より
その二人は、普段から別に仲良くなんてありませんでした。仲良くもない相手と、どうやって仲直りしようっていうんでしょう――

先生は、本当に話を聞いていたんでしょうか？

というか、この二人のことをちゃんと覚えていたんでしょうか？

そのまま言いました。

その喧嘩に一ミリも関わっていなかったわたしは、感じた疑問をそのまま先生にぶつけました。

そのときの教室の空気だけは、鮮明に覚えています。先生は気まずそうな顔をして黙り込み、クラスメイトたちは『なんで余計なことを言うの？』という顔で、わたしを見つめていました。そして当の喧嘩していた男子たちは、恥ずかしそうに唇を引き結びながら真っ赤な顔をして、わたしを睨《にら》んでいたのです。

覚えています。その学期の通知簿には、『少し協調性に欠けるところがあります』と書かれました。協調性、という言葉をケータイで調べたわたしは、すっごくショックを受けました。要するに、みんなと仲良くすることができないってことです。先生はいつも、クラスメイト36人全員に向かって、『みんなと仲良くしましょう』って言っているのに。

泣きながらお母さんにそう言うと、お母さんは大笑いしました。

――仲良くしろって!? 36人全員と!? そんなもん、はっははは！ できるわけねーだろアホか！ ぶあっははは!!

――おい見ろ、いさな！ アタシのアカウントにはフレンドが112人もいるが、こいつらはみぃんな、アタシがミスると容赦なく罵倒を浴びせてくるぜ！ それでもゲーム中は仲間！ シットだのファックだの言いながらも、物資があればくれてやり、敵に襲われたら助けてやる――仲良くなんてならなくて結構！ 言いたいことは言え。喧嘩になってもいい！ それで困んのはガキの本音も受け止められねえしょーもねえ大人だけさ！ はっははははは!!

お母さんはわたしの憧れでした。お母さんみたいに自由に、堂々と生きたいって、わたしはいつも思っていました。だから通知簿よりお母さんを信じました。言いたいことは言う。喧嘩になってもいい。お母さんの言った通りに、することにしたのです。

結果、小学校では一人も友達ができず。

一人ぼっちのまま中学生になって、そして――

――ねえ、東頭さん。空気読もうよ

――みんなうんざりしてるよ？ 余計なことばっか言ってさ

――うっさいな！ みんなはみんなでしょ!? そういうとこがウザいって言ってんの！

空気ってなんですか？

みんなって誰ですか？

わたし、間違ったこと言ってますか？

――東頭、お前にも言い分があるのはわかる。だがな、少しは折れることも知らんと、社会ではやっていけんぞ
――そんな態度が通用すると思っとるのか！　常識で考えろ！

社会ってどこですか？

常識ってなんですか？

なんで……みんな、怒るんですか？

わかりません。わかりません。わかりません。

何も教えてくれないじゃないですか。なんで知ってるのが当然みたいに言うんですか。

みんな違ってみんないいんでしょう？　そんな歌、小学校のときに歌いましたよ？　なのになんで違うことを言ったら怒られるんですか。みんなと同じ風にしろって言うんですか。

できませんよ。

わたしはみんなみたいに、人に積極的に話しかけられません。教科書を貸してもらいに行けません。消しゴムを落としたのを言えません。体育で二人組を作れません。社会科見学の感想文が書けません。歌のテストで声が出ません。給食が全部食べられません。

みんなが当たり前にできることが、わたしにはできません。

これは、わたしのせいなんですか？　わたしが悪いんですか？　努力でなんとかなることなんですか？　頑張ればみんなみたいになれるんですか？　じゃあどうして、みんなは頑張って、わたしみたいになってくれないんですか？　自分がやろうとしないことを、どうしてわたしにやらせようとするんですか？

わたしにばっかり、お前は変だって言って。

わたしから見たら、みんなのほうが変なのに。

お母さんはわたしの憧れです。でもわたしは、お母さんみたいになれません。人に嫌われても笑い飛ばせないし、好き放題やりながら友達が作れるほど人望もありません。なれるものなら、みんなみたいになりたいです。誰に教えられなくても空気が読めて、常識を勝手に身につけて、大人に褒められて、社会で普通にやっていける人間になりたいです。でも、なれません。だってたぶん、そんなことをしたら、わたしはわたしではなくなってしまいます。

ライトノベルのキャラみたいに、自分のまま生きられる世界はどこにあるんでしょう。異世界に行けばいいんでしょうか。この世界ではどうしようもないわたしでも、異世界に転生すれば生きやすくなりますか？

しょうもない妄想だなあと思います。

浅ましい現実逃避だと、我ながら溜《た》め息《いき》が出ます。

けれど、中学生のわたしにとっては、たったひとつの選択肢で。
だから――同じ中学の誰も行かなそうな、進学校に行くことにしたんです。
だって、ほら、京大は変人だらけだってよく言いますし。
頭のいい人がいっぱいいる場所に行けば、わたしみたいな人がいっぱいいるかなあって
――わたしが『みんな』になれるかなあって、思っちゃったんですよ。
結局……大して変わりませんでしたけど。
みんなは結局みんなのままで。わたしは結局わたしのままで。
――このシリーズ、君も、好きなのか？
だけど、水斗君に出会えました。
水斗君だけが、わたしに怒らないでくれました。
空気を読めとも、常識で考えろとも言わないでくれました。
わたしがおかしなことをしたら、何がおかしいのか教えてくれました。
わたしよりも、変なことを言ってくれました。
一緒にいてくれるって……言ってくれました。
だから――そうだ。だから。
気付いてしまったんです。
わたしごときのために、水斗君を困らせちゃいけない、って。

「東頭さん、昨日、伊理戸くんと図書室で会ってたんだって？」

「ホントにラブラブだねー！」

翌日の昼休みも、同じ女子の方々が話しかけてくれました。

その気持ちは嬉《うれ》しいです。本当に嬉しいです。

けど……わたしには、優先順位があります。

「ほら、お昼行こ。話聞かせてよ――」

「あ、あの！」

勇気を出して大きめの声を出すと、皆さん口を止めて、わたしの顔を見てくれました。

わたしは……思わず、顔を俯《うつむ》けてしまいましたけど、それでも……言うべきことを、口にします。

「わ、わたしっ……水斗君とは、付き合って、ません」

言いました。

言ってやりました。

これが真実です。わたしは水斗君の彼女じゃありません。どころか、告白してきっぱりフラれた負け犬女です。

だから、もう……水斗君を、わたしたちを、そっとしておいてください。

少し、間がありました。

わたしの意図を測りかねるような間でした。

それから、いつもわたしの事情を気遣ってくれる方が、

「またまた。恥ずかしがらなくてもいいよー？」

と言って、わたしの肩にポンと手を置きました。

悪気はなかったと思います。

悪いのは、どちらかといえば、上手《うま》く気持ちを伝えられないわたしのほうだと思います。

でも、仕方ないじゃないですか。

わたしにはこうすることしかできないんです。

「――本当ですっ!!」

自分で思った以上の、大声が出ました。

教室がしんと静まり返り、全身に不審なものを見る視線が突き刺さる感触がありました。

ど……怒鳴るつもりは、なかったん、ですけど。

わたしは……でも……いえ……じゃなくて……。

すみません。

すみません。すみません。すみません。すみません。すみません。すみません。すみま

せん。すみません。すみません。すみません。すみません。すみません。すみません。すみません。

「……す、すみません……」

胸の中に渦巻いた気持ちの、ほんの一部を小さな声で呟《つぶや》きました。

聞こえたでしょうか。わかりません。わたしには、人がちょうど良く聞こえる声量というのが、全然わからないんです。

「あ、いや……」

気まずそうに、わたしの肩から手が離れます。

「……なんか……ごめんね？」

そう言って——女子の方々はわたしから離れて、何か小さな声で話し始めました。

また……空気読めてないって、言われてるんでしょうね。

「……ふう」

息をつきました。

肩の荷が下りた気分です。

それっきり、周囲の情報を遮断して、わたしは教室を出ました。

今日はお母さんが、お弁当を作ってくれなかったのです。

◆ 伊理戸水斗 ◆

「……まだ来てないのか」

いつものように図書室に足を運んだが、東頭の姿はまだなかった。

荷物を窓際空調の上に下ろして、読みかけの文庫本を取り出す。授業が長引いているのか、掃除でもあるのか。まあ、しばらくすれば来るだろう。

そして——僕は、本を読み終わった。

ん？

僕は首を傾《かし》げる。今、何時だ？読み終えた本を鞄《かばん》の中に戻して、スマホを出した。

……午後5時？

僕が図書室に来てから、すでに一時間は経《た》っている——授業も掃除も、とっくの昔に終わっているはずだ。

東頭が来る気配はない。

LINEをチェックしたが、連絡は来ていなかった。どうしたんだ、あいつ？　風邪でもひいて休んでるのか？

静かな図書室に、カウンターの図書委員がぺらりと本をめくる音が響く。

……静かな？

今更ながらに気が付いた。

昨日、こそこそ僕たちを盗み見ていた野次馬《やじうま》が、いない。
飽きてくれたのか？　こんなに早く？　だとしたら喜ぶべきことだが――
僕の脳裏に不意に浮かんできたのは、昨日、東頭が小さく呟いた言葉だった。
――……教室でのわたしなんて、見たことないじゃないですか……
あんな東頭は……見たことがない。
僕の知っている……東頭じゃない。
そのとき、ポコン、と、手に握りっぱなしのスマホが、通知音を発した。
開きっぱなしのトーク画面が、動いている。
〈ごめんなさい。今日は行きません〉
あまりにも今更な、東頭からのメッセージだった。
僕はすぐに返事を打つ。
〈どうした？　風邪でもひいたのか？〉
既読が付く。
少しだけ、間が空く。
〈ちょっと用があって。すみません〉
違和感があった。
それだけの返事を打つのに、なんでそんなに時間がかかった？

なんでこんなに素っ気ないんだ？　いつもなら『看病してくれますか？』とでも返してくるところだろう。

それに──何より。

なんで、そんなに謝る？

〈クラスで何かあったか？〉

また、少し間。

〈何もありません〉

〈しばらく会わないほうがいいと思ったんです〉

立て続けに二つ来たメッセージに、僕は眉をひそめる。

〈何か言われたか？〉

〈君らしくもない。周りの言うことなんか気にするな〉

急《せ》かされるようにそう送ると、今度はすぐに返事が来た。

〈これがわたしなんです〉

〈ごめんなさい〉

それからは、メッセージを送っても返事が来なかった。

リビングのソファーに寝転がって、天井を見つめる。

本を読む気にならなかった。

『ごめんなさい』という無機質な文字が、ずっと目に付いて離れない。本を読もうとしても、その六文字がページの上に被《かぶ》り、何も頭に入ってこないんだ。

だからただ、天井を見ていた。

そこに映る、東頭の『ごめんなさい』だけを見ていた……。

「……ねえ、大丈夫？」

すると、それを覆い隠すように、結女の顔が現れた。

結女は背もたれ越しに、長い髪をかき上げながら僕の顔を覗《のぞ》き込む。

「靴下穿《は》かせてる話まで噂《うわさ》になってるわよ？　少しくらい隠れなさいよ。あんな図書室の隅っこ、見ようと思えば誰でも見られるんだから――」

「――なんでだよ」

「うわっ」

僕が勢いよく起き上がると、結女は声を上げて顔を避《よ》けた。

怒りが込み上げる。

何もかもが癪《しゃく》に障った。世界の何もかもが疎ましかった。

「僕と東頭は、ずっと前からあの場所で話してたんだ――なのに、なんで僕らが逃げなきゃならない。なんで僕らが隠れなきゃならないんだよ？　なあ！」

「ちょ、ちょっと……どうしたの？」

結女が困惑げに見ているのに気付いて……僕はようやく、自分が熱くなっていたのに気付く。

息の塊を吐き、ゆっくりとかぶりを振る。頭は少し冷えたが……胸の中にぐつぐつと煮える怒りは、消え去らない。

「……悪い」

「いいけど……」

結女はじっと、僕の顔を見つめた。

かと思えば、

「ちょっと、詰めて」

「は？」

「いいから！　ちょっと場所空《あ》けて！」

言われるままにソファーの端に動くと、空いたスペースに結女がボスン！　と腰を落とした。

それから、膝に手を置いて、まっすぐに僕を見た。

「喋《しゃべ》れ」

「……はあ？」

「洗いざらい喋って！　東頭さんと何かあったの⁉」

「君には関係な――」

「はい言うと思ったぁー！　それには反論考えてあるから！　家族と友達の話が、関係ないわけないでしょうが！」

僕は押し黙る。

不覚にも……論破されてしまった。

結女は眉を下げて、泣いた子供をあやす母親のような、柔らかな声音で言う。

「……どうしたの？　何か嫌なこと言われた？」

「いや……」

「もし調子乗って嫌がらせとかしてくる人がいたら、どんな手を使ってでもわからせてやる――って、暁月さんが言ってたけど」

「何するつもりなんだ、あの人は……」

ああ、くそ、もう。

勘違いでわからせられる人間を、出すわけにはいかないだろ。

「……少なくとも、僕は何もされてない。川波がボディーガードやってるし」

「それは知ってる。ってことは東頭さん？」

「……、それも、わからない」

僕はこめかみに指を当て、眉間にしわを寄せる。

「川波から聞いた話だけど、東頭のほうもイジメみたいなことは起こってないって聞いてる。ちょっと女子に話しかけられてるだけだって。本人も似たようなこと言ってた。なのに……」

僕は、東頭がいつもの場所に来なかったことを結女に話し、LINEのやり取りも見せた。こうなったら恥も外聞もない。

「僕に気を遣ったんだとは思う。でも、告白の失敗すら乗り越えた東頭が、今更周りのことなんか気にするはずが――」

「――はあぁあぁぁぁ……」

長く深い溜《た》め息《いき》が、結女の口から溢《あふ》れた。

僕は首を傾げる。

「なんだよ」

「……今から私は、人生で初めてこの言葉を口にするわ。はしたないとは思うけど、これ以外にあなたを表現する言葉が見つからないから」

「は？」

びしり。

と、結女は僕を指差して――顎を逸《そ》らし、高圧的に告げた。

「このっ――童貞が!!」

ぴしり。

と、僕は石のように硬直した。

「告白の失敗すら乗り越えた？　今更周りのことなんか気にするはずがない？　なんっっっにもわかってないわね！　これだから童貞は！　女子に幻想を持ちすぎなのよ!!」

「いやっ……は？　幻想なんて――」

「持ってるでしょ！　東頭さんに勝手な理想を押し付けてるじゃない！　どうせ文学かぶれのあなたのことだから、東頭さんのことをこっそりファム・ファタール呼ばわりしてるんでしょきっとしょ!!」

「呼んでない!!」

読書家が全員、身近な女子をファム・ファタールって呼んでると思ってるのかこの女。

どんな偏見だ！

「周りのことなんか、気にするに決まってるでしょ!?」

恥も外聞もなく唾を飛ばして、結女は言う。

「自分のことだって気になるし——好きな人のことなら、尚更《なおさら》じゃない」

「…………………」

「鬱陶しかったんでしょう？　東頭さんと二人だけの場所が好奇の目に晒《さら》されるのが。それを態度に少しも出さなかったって言える？　そんなあなたを見て、東頭さんがどう思うかわかる？　あの奥手で、臆病で、空気が読めないようでたまに読めるあの子が、少しも怖がらないって本当に言える？」

東頭は……たまに、不安そうに僕の顔色を窺《うかが》うことがある。

僕はそのたびに言った。大丈夫だって——約束通り、僕は変わらないからって。

——んー。わたしもそんなに落ち着いてるほうではないと思いますけど
——……嫌、ですか？

——今日、機嫌悪くないです？

それだけで、本当に大丈夫だったのだろうか。

彼女は本当は、何を不安がっていたのだろう。

僕は——東頭いさなを、本当に知っているのか？

「あの子は本当は、普通の子なのよ。あなたが大好きで、そのあなたが東頭さんを周りに左右されない変人だって思いこむから、それに合わせていただけよ。そうじゃないと、やっぱり、あんなに簡単に友達には戻れない。きっと失恋の傷を押し隠して——」

「──ありがとう。もう、いい」

僕は結女の言葉を遮る。

自分の不明は、充分に恥じた。

だが──それでわかった気になれるほど、僕は東頭いさなを過小評価していない。

僕に合わせていただけ？

失恋の傷を押し隠して、友達に戻った？

本当に？

「君の意見は、わかった。本当に参考になった。……だけど僕は、それを頭から信じるわけにはいかない」

「……どうして？」

「言うなれば、僕は東頭の厄介オタクだからな」

不審そうにする結女に、僕は告げる。

「原作設定こそが正義だ」


「もしもし」

『……水斗君？』

「やっと出てくれたな」

『すみません。ゲームやってて……』

「四時間もか？」

『そんなものですよ』

「まあ、四時間もコールし続けてた僕のほうが変か」

『……本当に、そうです』

「夜も遅い。雑談は控えたほうが良さそうだな」

『別にいいですよ？』

「いや、今日は単刀直入に言うよ。東頭、僕は君を誤解していたのか？」

『……どういうことです？』

「僕は君を強い人間だと思っていた。たとえ傷付いても、すぐにそれを乗り越えられる芯のある人間だって」

『いやいや、わたしほど弱っちい人間はいませんよ』

「結女はそう言ってた。君は実は普通の子で、僕が変な奴《やつ》だって思いこむから、それに合わせてただけなんだって」

『……んー。そういうとこも、あるかもですね。よくわかりませんけど』

「変な話だ」

『何がですか？』

「君、前に言ったよな。あれは確か……結女の奴の様子が変だって、君に相談したときの話だ」

『あー、結女さんたちと、まだ全然話したことなかった頃ですね。覚えてます』

「そう。そのとき、君は言った――『自分の中に正しさがあって、それを脅かされると臨戦態勢になる。だから空気が読めないってよく言われる』って」

『……言い、ましたかね。よく覚えてますね』

「それを聞いたからこそ、君には芯があるんだと思った。周りに左右されない、強い芯が。矛盾じゃないか。そんな奴が、どうして僕に合わせて振る舞いを変えるんだ？」

『適当ですよ。ラノベの受け売りかもしれません』

「そうかもしれない。でも、僕はその後に言った。『僕相手に空気を読む必要はない。僕が代わりに読んでやるから』って」

『…………………』

「覚えてるか？」

『……覚えてます』

「君はそれを忘れてたのか。それとも無視したのか？」

『どうでしょうね。今はすぐ思い出せましたけど、忘れてるときもあったかもしれません』

「告白のときもか」

『えっ？』

「告白の後、君が空気を読まずに、いつも通りに一緒に帰ろうと言い出したときも、僕のあの言葉を忘れていたのか？」

『…………………』

「どうなんだ？」

『…………覚えてましたよ』

「…………………」

『覚えてなかったら……あんなこと、言えるわけないじゃないですか』

「……僕は正直、忘れてたけどな」

『だとしたら、水斗君は本当に、そういう人だったんですね。あのとき、水斗君は代わりに空気を読んでくれました。わたしを気遣ってくれました』

「ああ」

『あのときは、本当に救われて――本当に、みじめになりました』

「……それは……？」

『ふふ。自分で言ってびっくりしました。そっか。みじめだったんですね。わたし、あのとき……』

「なんでだ？　あのときの君は立派だった。僕は……あのときほど、人を尊敬したことはない」

『過大評価ですよ。そう言う水斗君のほうが立派でした。素敵で、強くて、堂々としていました。わたしは――水斗君みたいになりたかった』

「…………」

『友達なんて必要としなくても、一人で強く生きていけるようになりたかった。だって、そのほうがカッコいいじゃないですか。比企谷八幡《ひきがやはちまん》みたいです。綾小路清隆《あやのこうじきよたか》みたいです。司波達也《しばたつや》みたいです。最強の主人公みたいです。誰だってできるなら、そういう風に生きてみたいじゃないですか』

「…………」

『でも、わたしにはできません。できないんですよ。わたしは変な子なんかじゃありません。普通の子でもありません。ただの、空気が読めない奴です。それは希少でも貴重でもないんです。単に、能力が足りていないだけなんです――隠された実力なんて何もない、ただの単なる落ちこぼれなんです』

「…………」

『今回も、わたし、空気を読み損ねたみたいですね。しばらく会わないようにしようなんて、水斗君は望んでなかった。思えば、曖昧に濁しておこうって決めたはずなのに、わたし、クラスの人に付き合ってないってはっきり言っちゃいました……。本当に、こんなことばかりなんです。頭ではわかっているはずなのに、そのときになったら絶対、間違ってるほうの選択肢を選んじゃうんです』

「…………………」

『今も、今もですよ。なんでわたし、こんなに長々自分語りなんかしちゃってるんですか。絶対に後で後悔します。悶絶《もんぜつ》します。忘れたくなります。でもやっちゃうんです。空気が読めないんです。全部全部、自分自分で、周りのことが見えなくて――えへへ。変な子だって言われるときもね……実は、ちょっと嬉《うれ》しいんですよ。本当に変な子だったら、そんなこと思わないでしょうけど……呆《あき》れるくらい、凡百の発想ですよね』

「…………………」

『だから、何をするにつけても中途半端なんです……。絵を描いても、小説を書いても、配信をしてみようと思っても、全部、人に見せる直前でやめるんです。だって、だって、そうじゃないですか。インターネットには、わたしなんかより「変な人」たちがいっぱいいるんです。その人たちに比べたら、わたしなんてそれほどじゃないんですよ』

「…………………」

『だけど、水斗君は本物なんです。本物の「変な人」なんです。だから憧れて……だから一緒にいたくて……だから……』

「…………」

『…………だから…………』

「好きになったのか」

『違います』

「…………」

『それは……それは、違う。違います。それは……それだけは、たぶん……』

「…………」

『…………』

「……東頭」

『はい……』

「少しだけ、僕の昔の話をする」

『はい』

「中学生の頃、僕の愛読書は『ドグラ・マグラ』だった。お察しの通り、『日本三大奇書のひとつ』って肩書きがカッコよかっただけで、内容はほとんどわかっちゃいなかった」

『……うわぁ……』

「そんなときに、彼女ができた。そいつは本格ミステリが好きで、あからさまなかぶれ方をしていて、『ノックスの十戒』に反する作品を大体ディスっていた」

『……うわぁぁぁ……』

「要するに、僕もそいつも、普通の中学生だった。普通のカップルだった。欠伸《あくび》が出るくらいに。小説にもならないくらいに」

『…………………』

「たぶん、変な奴なんていないんだよ、東頭。みんな、普通だ」

『……わたしのお母さんは、逆のことを言ってました』

「全員が変な奴なら、変な奴こそが普通だ」

『そうかも……しれませんね』

「普通の高校生を自称する奴が、実は一番変だったりするんだ」

『よくいますね、そういう主人公』

「よくいるんだったら、やっぱりそいつも普通だ」

『人類みんな、普通ですか』

「人類みんな、最強でも何でもない、普通の主人公だ」

『どこかで聞いたような台詞《せりふ》ですね』

「僕も、普通だからな」

『…………………』

「……それでも……やっぱり、水斗君は、変です』

「それを言うなら、君だってそうだよ」

『水斗君ほどじゃありません』

「過大評価だ」

『だったら——証明してみてくださいよ』

「…………………」

『水斗君も普通だって……わたしと大して変わらないんだって……証明してみてくださいよ』

「……わかった」

『すぐにそう言えるところ、普通じゃないですよ』

「普通だよ」

『どこがですか』

「空気を読んで、とりあえずそう言っただけだからな」

『……ふふっ』

「おかしいか？」

『いえ。……そのくらいなら、わたしにもできます』

◆ 東頭いさな ◆

通話を切って、わたしは自分の部屋の天井を眺めました。

……これも、喧嘩《けんか》なんでしょうか。

わたし、友達と喧嘩したんでしょうか。

そんなことすら嬉《うれ》しくて――嬉しくなっている自分にも嬉しくて。

自己嫌悪です。

普通の人は、こんなことで嬉しくなりません。普通の人が嬉しくないことに嬉しくなっているわたしは変な子で、そして、心のどこかで、自分がそうであることに喜んでいるわたしがいます。

本当に中途半端。

すっごく、すっごく、ダサいです。

こんなわたしと、水斗君が同じなわけありません。水斗君は頭が良くて、周りに流されなくて、しっかりとした自分を持っている人です。同じだって証明するって言っていましたけれど、そう言えること自体、やっぱり普通じゃありません。

いるんですよ、そういう人は。
そしてわたしは、そういう人じゃあないんです。
タオルケットで身体《からだ》を包《くる》んで、背中を丸めます。
もし異世界に転生しても、わたしにはきっと、何もできません。

翌日。
お昼は一人で食べました。
放課後はすぐに帰りました。
水斗君とは会いませんでした。

翌日。
学校はお休みでした。
ごろごろ寝て過ごしました。
水斗君とは会いませんでした。

翌日。
学校はお休みでした。
ごろごろ寝て過ごしました。
この前描いた、水斗君の絵を眺めました。
水斗君とは会いませんでした。

翌日。
お昼は一人で食べました。
放課後はすぐに帰りました。
水斗君とは会いませんでした。

翌日。
お昼は一人で食べました。
放課後はすぐに帰りました。

この前描いた、水斗君の絵を眺めました。
水斗君とは会いませんでした。

翌日。
文化祭の実行委員が決まりました。
みんなは出し物を何にするか話し合い始めました。
わたしと水斗君の話は、もう誰もしていませんでした。

一週間が経《た》ちました。
お昼は一人で食べる――つもりでした。
『東頭』
すぐ近くから、声がしました。
『東頭。聞こえてるだろ』
恐る恐る、顔を上げました。
わたしの席のすぐ前に、水斗君が立っていたのでした。

『迎えに来たぞ』

わたしはきょろきょろ周りを見回します。

久しぶりに認識した教室は、誰もがわたしと水斗君に注目していました。どころか、廊下を歩く人すら立ち止まって、なんだなんだとこちらを見ているのです。

『大丈夫だ』

と。

いつものように、水斗君は言います。

『確かに僕は、人に注目されるのは嫌いだが――』

それから、少しだけ照れ臭そうに、水斗君は言いました。

『それよりも、君と話す時間がなくなるほうが、ずっと嫌だ』

しん……と、教室が静まり返りました。

あ。

ん？

……ええ⁉

言われたことを、数秒かけて認識して。

瞬間——心臓が暴れ出しました。

一気に、一瞬で、顔が熱くなって、燃えたようになって。

それから、教室の女子の方々が黄色い歓声を上げました。

『はぁうあーっ……！』『い、言われてぇ！　私も言われたいよぉ！』『あっ、ちょっ待ってほんとむり。しんどいぃ……！』

教室は騒然として、女子の中には息絶え絶えになっている人も数名。

いや、あの、あぇ？　ちょっと、今の……わたし？　わたし、が……言われたんですよね？

こんな、衆人環視の中で、堂々と——ああ……。

やっぱり、普通じゃないじゃないですか。


「…………………」

目を覚ましました。

夢でした。

それも、悪夢の類です。

もう眠りたくなくて、今の夢をもう見たくなくて、わたしは身を起こします。

水斗君の、やりそうなことでした。

わたしが、喜びそうなことでした。

あるいは、そういう大団円もありえたのかもしれません。

水斗君が教室に堂々とわたしを迎えに来て、みんながわーって言って、わたしたちはそれを置き去りにして――

すごく、カッコいいです。

できるものならやりたいです。

けど――

それができるのは、水斗君だからですよ。

「――いさなぁ！　そろそろ起きろコラァ!!」

「あわっ！　お、起きてますっ！　起きてますーっ！」

今日も今日とて、学校に行きます。

ごく普通に、学校に行きます。

何事もなくお昼休みが終わり、授業も終わりました。

……今日も、図書室には行きません。

実は一度だけ、我慢できずに様子を見に行ったことがあります。いつもの場所に、水斗君はいませんでした。

……別に、そんなに頑張らなくてもいいのに。

もう、わたしたちのことなんか、誰も気にしていません。だからもう距離を取る必要はないのに……どうしてか水斗君は、スマホ越しにしたどうでもいいわたしのお願いを、律儀に叶《かな》えようとしています。

わかるんです。友達ですから。

あんなのなかったことにして、聞かなかったことにして、前みたいにいつも通り、図書室で会ってお話しして、休みの日は家に遊びに行って……わたしは、それでいいんです。

いいんですよ。あんなの、売り言葉に買い言葉で……。

わたしはこっそり、鞄《かばん》からタブレットを取り出すと、この前描いた水斗君の絵を眺めました。

水斗君が家に来たときに描いた、絵。

服を着てなくて、本物より筋肉質で……何回かエロい部分を描き足そうとしましたけど、そのたびに嫌悪感と罪悪感に襲われてやめた、絵。

この絵を見るたびに、後悔が湧き起こります。

——ごめんなさい。

勢いで変なこと言ってごめんなさい。水に流してください。笑い飛ばしてください。真面目に受け取らないでください。

空気が読めないわたしのことなんか、空気のように無視してください。

わたしはそれで充分ですから。

見てもらわなくても、想《おも》ってもらわなくても、ただ想っているだけで充分ですから――

「………ふう」

小さく息をついて、ネガティブに入りかけた頭を切り替えます。

絵を消し、タブレットを戻し、鞄のチャックを閉めて。

さて――じゃあ、今日もさっさと帰りますか。

帰りに本屋さんに寄りましょう。もしかしたら早売りがあるかもしれませんし――

そのとき、教室がにわかにざわつき始めました。

どうしたんでしょう？　と一瞬思いましたけど、まあわたしには関係のないことです。

「東頭」

と――すぐ近くから、声がしました。

あれ？

今朝見た悪夢が、まだ尾を引いているんでしょうか。水斗君の幻聴が聞こえるなんて、我ながら相当ですね。

「東頭。聞こえてるだろ」
――んん？
もしかして……幻聴じゃ、ない？
恐る恐る、顔を上げました。
今度は、幻覚かと思いました。
ところがどっこい、これは現実です。
わたしの席のすぐ前に、本物の水斗君が立っていたのでした。
「…………………」
喉が、干上がります。
これは……夢じゃ、ありません。
現実です。
本当に、現実なんです。
「な……なんで……？」
なんで、来たんですか。
こんな、衆人環視の中で、堂々と。
証明するんじゃなかったんですか？
わたしと同じだって……証明するんじゃなかったんですか？

なのになんで——そんな、カッコいいことをしちゃうんですか。
こんなことをされたら——わたしの薄っぺらさを、思い出しちゃうじゃないですか！
「………………」
水斗君は変わりません。
どうしようもなくカッコよく。
どうしようもなく変で。
わたしに約束した通りに——そこにいます。
……そうなんですね。
やっぱり、そうなんですね。
水斗君は嘘《うそ》つきです。
でも……わたしは、水斗君のことが大好きなので、許してあげます。
そうです。
わたしは、そういう水斗君のことが好きなんですから——
「……これ」
「え？」
水斗君はそっと、折り畳んだ数枚のルーズリーフを、わたしの机の上に置きました。
あれ？

『大丈夫だ』は？　カッコいいことを言って……クラスの女子たちを、悶絶《もんぜつ》させるんじゃないんですか？

『迎えに来たぞ』は？

「それじゃ」

水斗君は呟《つぶや》くように言って、そそくさと教室を出ていきました。

それはまるで、突き刺さる視線から逃げるかのようで。

今朝に見た悪夢とは……似ても似つかない。

教室にいたクラスの人たちは、一様に怪訝《けげん》そうにしながらも、すぐに自分たちのお喋《しゃべ》りへと戻っていきました。

何事もなかったかのように。

ただ、わたしの机の上に、謎のルーズリーフだけが残されていました。

……これが……証明、なんでしょうか。

一週間も、何もしてこなかったのに……この紙切れで、何が証明できるっていうんでしょう。

わたしは恐る恐る、折り畳まれたそれを開き――

――記されていた文章を、読み始めました。

「…………………………………………………………ぷふっ」

読み進めて。

「ふっ、あは」

読み込んで。

「あはっ——ははは！」

読み終えて。

「あは！　はははははははははははははははははは————っ!!」

気付けば、わたしは大笑いしていました。

教室が一瞬静まり返って、無数の訝《いぶか》しげな視線がこちらに向きます。

あ、ミスりました。そういえばここ、教室でした。

でも——まあいいや。

わたしは呼吸が落ち着くのを待つと、ルーズリーフを胸に抱き、鞄を肩に引っかけて、席を立ちました。

教室を出ます。

廊下を早足で駆け抜けます。

目指すは——水斗君がいるところ。

一年七組の教室です。

開きっぱなしのドアを、躊躇《ちゅうちょ》なく抜けました。

教室には、まだ人がたくさんいました。

どうでもいいことでした。

その中に、席に座ったままの水斗君がいることだけが、大事なことでした。

「東頭さん――？」

結女さんの声が聞こえましたけど、ひとまずそちらは後にします。

人の間を抜けて、水斗君の席の前に立ちます。

さっき、水斗君がやったように。

「水斗君」

呼びかけると、水斗君はわたしの顔を見上げました。

その可愛《かわい》らしい顔は、何でもないように澄ましていて、……それがまた、おかしく思えました。

わたしはルーズリーフを、水斗君の机に置きます。

そして――その感想を、口にするのです。

「――超っ！　つまんなかったです!!」

それはわたしの人生において、最も清々《すがすが》しい気分での、酷評でした。

数枚のルーズリーフに記されていたのは、小説です。

直筆で書かれた、自己陶酔的な文章の、モノローグがぐだぐだ続くだけで物語の起伏も何もなく、しかも完結していない、愚にもつかない小説でした。

きっと新人賞に応募しても一次選考で落とされ、小説投稿サイトに投じても10ポイントも付かないそれは、間違いなく、水斗君が書いた小説でした。

はっきり言いましょう。

これなら絶対、わたしのほうが面白いの書けます。

びっくりしました。あんなにいろんな本を読んでる水斗君が、こんな典型的な自己満小説を書くとは思いませんでした。あるいは、わざとそんな風に書いたんでしょうか？

水斗君は気まずげにすいっと目を逸《そ》らしました。

「……そう言われるだろうとは思ってたけど、そこまで清々しく言われると、ちょっと傷付くな……」

「自己評価はちゃんとしてるんですね」

「いや、まあ、というか……ちょっと先約があって、見せた奴《やつ》がいて」

先約？

水斗君が自作小説を見せるような相手というと……。

見ると、結女さんが呆《あき》れたような目で、机の上のルーズリーフを見ていました。なるほど、先んじて選評をもらっていたみたいです。

「言っとくけど、本気で書いたからな。たった二千字程度に一週間もかかったんだ。小説投稿サイトに毎日投稿してる人を、僕は心の底から尊敬する」

「まあ、手加減は実力のある人しかできませんからね」

「……遠慮なく言ってくれるよな……。書き上がったときは、出来が良すぎて見せても逆効果だと思ったんだけどな……」

ぶつぶつ呟く水斗君は、本気で落ち込んでいました。

それを見て、わたしは、心の底からほっとしていました。

お母さんの言ったことは、やっぱり間違いです。

けれど、正しくもあったのです。

みんな、大して変わりやしません。

けれどみんな、誰もが変に見えるのです。

だから、安心したいのです。

同じに見えるようにしたいのです。

自分にわかるものになってほしいのです。

それに応える能力が『協調性』で。

それに応える方法論が『常識』で。
それに応えた関係性が『社会』なのです。
だとすれば、わたしは胸を張って協調性を捨てましょう。
胸を張って非常識になりましょう。
胸を張って社会から逸しましょう。
わたしは——誰にでもわかる、『変な子』になりましょう。
空気の読めないわたしには、どうせそれしかできません。
たぶん大丈夫です。
それでまた、失敗したとしても——きっと、大丈夫。
だって——
「水斗君」
わたしにとって水斗君は、普通でもなければ変でもなく。
協調性がなくても、常識を使わなくても、社会から外れていても。
ただそのままで安心できて、同じに見えて、わかるものになっている——
「わたし、水斗君のこと好きです」

――この世でただ一人の、『特別』ですから。

「そうだな」

水斗君は柔らかく笑いました。

「僕も好きだよ」

わたしよりも普通で、わたしよりも変な親友は、わたしと同じことを言ってくれました。

特別な友達を、親友と呼ぶのです。

そうです。


わたしは水斗君と肩を並べて、図書室を目指します。

ちらちらと見てくる人がいますが、気になりません。

でも、ちょっと気持ちがいいのは同じです。

どうですか。これがわたしの親友ですよ。羨ましいでしょう。

わたしは結局、俗物なのです。

廊下を歩きながら、わたしは軽く腰を曲げて、水斗君の顔を覗《のぞ》き込みました。

「ところで水斗君は、いつまでわたしを苗字《みょうじ》で呼ぶんですか？」

「え？」

「そろそろわたしに合わせてくれていい頃だと思うんですけどー？」

親友なのに、わたしだけ名前呼びで、水斗君だけ苗字呼びなのは不自然です。

前もそれとなく提案しましたけど、このままだとずるずるいつまでも変わらなそうなので、今日こそは逃がしません。

水斗君は苦々しい顔になりつつ、

「……変わらないって決めただろ？」

「それはわたしの望む水斗君でいてくれるって約束です。わたしの水斗君は、わたしを『いさな』って呼んでくれますよ？」

「くっ……無駄に頭の回る……」

水斗君は一度口を開いて、閉じて、目を逸らして、……それから、小さな声で言います。

「い……さな」

「もう一回！」

「いさ……な」

「もうちょっと大きく！」

「いさな！　これでいいか、いさな！　文句ないか、いさな！」

「あばっばばば！　ちょっ、まっ、いきなり供給過多ですよう……！」

まさかの逆襲にわたしが慌てると、水斗君は、ふんと鼻を鳴らしつつ、照れくさそうに顔を逸らしました。

瞬間、脳に飛来したアイデアに、わたしはにんまりと笑いました。

いつも慌てさせられてるんですから――今度はわたしが、水斗君を大慌てさせてもいいですよね？

「水斗君。今まで空気を読んで黙ってたことがあるんですけど」

「空気を読んで？　君が？」

「水斗君の元カノって、結女さんでしょう」

水斗君の足が止まり、表情が凍りました。

「は……は？」

わたしはそれを見て、にやにや笑いました。

「水斗君――あんまりわたしをナメないでください」

言い捨てると、わたしは足取り軽やかに歩いていきました。

水斗君の足音が、慌てて追いかけてきます。

「いやっ、君、いつっ――」

「さあ？　ご想像にお任せしまーす」

水斗君も結女さんも、わたしよりアホですよねー。

本人から打ち明けられるまで気付かないでいるなんて――そんな空気の読めたこと、わたしができるわけないじゃないですか。

元カップルは相談する

◆伊理戸結女《いりどゆめ》◆

水斗《みずと》と東頭《ひがしら》さんの噂《うわさ》は、ここに来て過熱の一途を辿《たど》っていた。

けれどそれは噂が噂を呼ぶ——というより、二人の仲が当たり前の事実として扱われ始めたような感じだった。暁月《あかつき》さんによれば、早晩、二人の関係は話題性を失って、公然のものとして日常に埋もれていくだろう、ということらしい。

騒動にひと段落ついたことは喜ばしいのだけれど、私としては、何も問題は解決していなかった。お母さんの勘違いに端を発した、水斗と東頭さんの急速な外堀の埋まり——その誤解は解かれるどころか、ついには学校にまで広まりきってしまったのだ。要するに、私が割って入る余地が、ほとんどと言っていいくらいなくなってしまった……。

水斗と東頭さんは、周囲を半ば無視して、置き去りにする道を選んだ。

けれど、私はそういうわけにはいかないのだ。

学校という社会からほとんど浮き上がっているあの二人とは違って、私には立場もあるし、イメージもあるし、要するに世間体というやつがある――周りを無視して水斗にアプローチして、東頭さんから略奪しようとしてるなんて噂が立ったら、普通に破滅なのだ。

……そもそも、である。

あの水斗が。エベレストのようにプライドの高い、あの男が。東頭さんを安心させる、ただそれだけのために、慣れない小説を書いて、私にまで見せて、直々に教室まで渡しに行った、という事実。

何よりも――

――僕も好きだよ

公衆の面前で放った、あの台詞《せりふ》！

いや、わかる。わかるの！　恋愛的な好きとはちょっとニュアンスが違うっていうのは、私にもわかる！

でも、もしかして……と、過《よ》ぎる不安を抑えられない。

あの男……東頭さんに、本気になっちゃったんじゃあ……？

告白を断ったのは、もはや過去の話だ。水斗と東頭さんの絆《きずな》の強さは疑いようがなく、すでにそれは、恋人の領域すら超えつつあるように思う――もはやあの二人は、告白というイニシエーションを必要としないくらい、深く結びついているんじゃないかと感じる。

それを恋だと、本人たちが思わないにしても、……私が入る余地がないことに、変わりはない。

…………。まあ、今回も言うに及ばず、背中を押したのは私なんですけど。

あっれー……？　おかしいなあ……。覚悟を決めてからこっち、自分の首を絞めることしかしてなくない……？

「ううーん……」

どうしたものか。

本当にどうしたものか。

私がリビングのソファーでごろごろしながら唸《うな》っていると、玄関のドアが開く音がした。

誰か帰ってきた。

身を起こすと、制服姿の水斗がリビングに入ってくるところだった。

「おかえり。遅かったわね」

「ただいま。ちょっといさなと寄り道してた」

「ふうーん」

水斗は冷蔵庫から出した麦茶を飲んで一息つくと、リビングを出て階段を上がっていく。

まあ、なんだかんだで元通りになって本当に良かったわね。水斗も遠慮なくいさな——

——んん⁇

いさな？

私は震える手でスマホを取り出し、暁月さんをコールした。

「…………………………」

「あ、暁月さん暁月さん！　水斗がっ、水斗がぁ……！」

『えっ⁉　なになにどうしたの結女ちゃん⁉　何かあった⁉』

「みっ、水斗がっ、水斗がね？　水斗がぁーっ……！」

『あんま連呼しないでよ見て見ぬふりしてるのに！　いい加減突っ込むよ呼び捨てになってるの！』

「そうなの！　呼び捨てになってるの！」

『ええ？　結構前から知ってるけど……？』

「え？　結構前からなの？　水斗が東頭さんを下の名前で呼び捨てしてるの……」

『……ん？　え？　なんて？』

「だから、水斗が東頭さんを下の名前で……」

『いやいやそれは知らない知らない！』

「さっき、『いさな』って呼んでた……」

『ええー……マジかぁ。あの伊理戸くんが、女子の名前を呼び捨てに……』

私ですら！　付き合ってた頃の私ですら、下の名前では呼ばなかったのに！

『家族公認に続いて学校公認、さらにここに来て呼び方が変化、ですかー……』

「もう私どうすれば……！　暁月さんなら何か――」

『結女ちゃん』

「うん！」

『相手が悪かったね』

「見捨てないでよーっ!!」

◆　伊理戸水斗　◆

僕は自室に入ると、制服も脱がずにスマホを取り出し、あらかじめ教えられていたグループチャットアプリのボイスチャンネルに入った。

「もしもし、いま帰ってきた」

『――うぐあっ⁉　なんでそんなに崖狩れんだよ⁉　オンだぞこれ！』

『こんなに読みやすかったらラグなんて関係ありませんよ～。はいここジャンプ！』

『うごあああ!!』

「……何ゲームやってんだ君ら」

スマホの向こうで『ざーこざーこ！』と低レベルな煽《あお》りを繰り返すのは東頭いさな。悔しそうに唸っているのは川波小暮《かわなみこぐれ》である。

学校で軽く打ち合わせた後、まっすぐに帰ってきたつもりだったが、この二人のほうがずいぶん早かったらしい。会話の間が持たなかったか、どちらかが喧嘩《けんか》を吹っ掛けたかで、ゲームで白黒つけることにした、という辺りか。

この珍しい三人で通話などすることになったのは他でもない。

『おい伊理戸！　この民度最低女を頼ることなんてなかっただろ！　恋愛相談ならオレで充分だっつの！』

「別に相談した覚えはない。いさなが自分から言い出したんだ」

『ぁあ？　一体どういう腹積もりなんだか。フラれた女が恋愛相談とか、裏しかねーだろ普通に考えて』

『わたしにそんな脳味噌《のうみそ》あるわけないでしょう！　そーゆーのは頭のいい女の人がすることなんですよ！』

「自分で言ってて悲しくならないのか君」

『んじゃ、どういうつもりなんだよ。お前が伊理戸の恋愛に協力して、何かメリットでもあんのか？』

『メリットっていうか……想像してみてくださいよ。一緒に遊んでるときにですね、急に遠い目をして物思いに耽《ふけ》ってる風の顔をされたりしたらですね、気になってしょうがないじゃないですか！』

『あー、そりゃ確かに言えてる』

「…………………」

そんな顔してたか？

『なので、さっさとヨリ戻すなり吹っ切れるなりしてください！　気ぃ遣います！』

「遣ってたか、今まで……？」

『んなこと言ってよ、恋愛相談にかこつけてワンチャン狙ってんじゃねーの？　うーわ大人しい顔してこの女』

『だからあなたも呼んであげたんじゃないですかチャラ男さん。これなら結女さんも勘違いしようがないでしょう！』

『どうだかなぁ。やりようはいくらでもあるぜ？　例えば――』

『水斗君……わたしで恋人の練習、します？』

『おいこらてめえコラ！』

『振りかなと思いまして』

ヤンキーさながらに騒ぐ川波を、いさなはすーんと無視する。面と向かってだとビビるくせに、通話越しだとやりたい放題だ。

いさなは『わたしのことはともかく』と話題を本筋に戻した。

『実のところ、結女さんのほうはどうなんですかね。水斗君みたいに未練たらたらなんですかね？』

「たらたらじゃない」

『『またまたご冗談を』』

「なんでそんなときだけ息が合うんだ……」

はあ、と溜《た》め息《いき》をつきつつ、……僕はこの際、正直な意見を口にすることにした。

「……よくわからないよ。気があるようにも見える。からかってるだけにも見える。僕が気にしすぎなだけの可能性もある。今のあいつは、僕の知ってるあいつとは違いすぎて……全然、わからないんだ」

『オレは脈だらけだと思うけどなあ。まあ、これはオレが外野だから言えることだけどよ』

『うーん……自分で言い出しといてなんですけど、どっちでもいいんじゃないですか？』

『「は？」』

いい加減な発言に僕と川波が口を揃《そろ》えると、いさなはむんと胸を張っているのが目に浮かぶような声で、堂々と宣言した。

『今現在、脈アリだろうが脈ナシだろうが、口説き落としちゃえば「好き」一択！　迷う余地ゼロです！』

しばらく間があった。

あまりにも……僕にとって、あまりにも慮外の意見で……咀嚼《そしゃく》することすら、すぐにはできなかったのだ。

やがて、

『――は！　はっははは！　ぶあっははははははは!!』

川波が、弾《はじ》けるように笑う。

『なるほど！　なるほどなあ！　確かに関係ねーわ！　こりゃ一本取られたな伊理戸！　ぶはははははは!!』

「いや……いやいやいや、そんな単純な話じゃあ……」

『ご安心ください！　この東頭いさな、水斗君に惚《ほ》れることにかけてはプロ中のプロ！　結女さんをあっという間にメロメロにする、わたしの考えた最強の水斗君をプロデュースしてみせましょう！　そんで後顧の憂いなくわたしといっぱい遊ぶのですっ！』

『ヨリ戻したらてめえと遊ぶわけねーだろ馬鹿』

『水斗君はそんなに器量の狭い人じゃないですーだアホ』

『んだとお!?』

『なにおう!?』

またスマホ越しにがみがみ言い始めた二人に、僕は溜め息交じりに呟《つぶや》く。

「恋愛なんかよりも、君らが一番めんどくさいよ……」

あとがき

あとがきは本編の副読書——つまりゲームにおける攻略本、一般文芸の文庫についてる解説のようなものとして位置付けているんですけれど、今回は全体的に難産すぎて、私のほうが副読書が欲しいくらいでした。すべては東頭《ひがしら》いさなとかいう厄介女のせいです。

2巻のとき、実は話の合間合間にいさな視点の独白を入れるという案がありました。それを没にしたのは、彼女にはまだ謎の存在でいてほしかったからです——理想と未知がない交ぜになったモノであっていてほしかったからです。既知は未知には戻れません。ただの事故や涙ぐましい小細工が魅力的な密室殺人になるように、わからないモノには相応の輝きが宿ります。特にわかった気になれるモノには——水斗《みずと》が目を眩《くら》ませていたのはたぶんそれであって、だから読者にも彼と同じ心境であってほしくて、いさな視点の文章は書かないようにしてきたわけです。

結果、私もわかってなかったっていう。

何回か言っているかもしれませんけど、私はこの小説がこの先どうなるのか、はっきりとはわかっていません——登場人物が何を考えるのか、具体的にどういう行動原理を持っているのかは、実際に書くまでわかりません。今回のいさなはまさにそれで、私が書き上げた原稿に対し、「いや、それはちょっと違いますね」と異論を挟んできやがりました。

すでに本編を読んだ方ならおわかりでしょうが、実のところ、いさなの『悪夢』として書いたシーンが最初の原稿のクライマックスだったのです。特装版で締切が早い中ようやく書き上げ、担当さんに「今回は●●ページですね」とページ数まで伝えたのですが、そこでいさなに言われたわけです。「なんか違うんですけど」と。

何がちゃうねん。

わかりません。なんか違うとだけ言われても。何がどう違うの。リテイクは具体的にしろ。今日何日だと思ってんだ。締切まであと三日だぞ！

家の中で吐きそうになるまで考えて、何とかお許しをもらいました。水斗のヒーロームーブで解決するのが解釈違いだったらしいです。これだからオタクは。

イラスト担当のたかやKi先生、コミカライズ担当の草壁《くさかべ》レイ先生、角川スニーカー文庫の担当様、ドラマCDに出演してくださったキャストの皆様、並びにこの本に携わってくださったすべての方に感謝を。だが流行《はや》り病、てめーはくたばれ。

そんなわけで、紙城境介《かみしろきょうすけ》より『継母《ままはは》の連《つ》れ子《ご》が元《もと》カノだった5　あなたはこの世にただ一人』でした。結女《ゆめ》さんはなんで一人で勝手に負けヒロインになろうとするの？

継母《ままはは》の連《つ》れ子《ご》が元《もと》カノだった５
あなたはこの世《よ》にただ一人《ひとり》

著　紙城境介《かみしろきょうすけ》

角川スニーカー文庫　22309

2020年９月１日　初版発行
2022年６月10日　６版発行

発行者　青柳昌行

発　行　株式会社KADOKAWA
〒102-8177 東京都千代田区富士見2-13-3
電話　0570-002-301（ナビダイヤル）

印刷所　株式会社KADOKAWA
製本所　株式会社KADOKAWA

◆◇◇

Printed in Japan　ISBN 978-4-04-109165-4　C0193

★ご意見、ご感想をお送りください★
〒102-8177 東京都千代田区富士見 2-13-3
株式会社KADOKAWA　角川スニーカー文庫編集部気付
「紙城境介」先生
「たかやKi」先生